C E R E A L

主　　编　Rosa Park
创意总监　Rich Stapleton
文字编辑　Richard Aslan

中文版主编　王菲菲
策划编辑　郝兰
责任编辑　郝兰
营销编辑　刘天怡
新媒体编辑　刘天怡

译　　者　张瑾
装帧设计　申亚申
封面摄影　Irina Boersma

图书在版编目（CIP）数据

谷物 . 13, 成为自己 / 英国 Cereal 编辑部编著 ; 张瑾译 . -- 北京 : 中信出版社 , 2020.5（2025.12 重印）
书名原文：Cereal 17
ISBN 978-7-5217-1707-5

Ⅰ . ①谷… Ⅱ . ①英… ②张… Ⅲ . ①游记－作品集－英国－现代 Ⅳ . ① I561.65

中国版本图书馆 CIP 数据核字（2020）第 042969 号

谷物 .13，成为自己

编　　著：英国 Cereal 编辑部
译　　者：张瑾
出版发行：中信出版集团股份有限公司
　　　　（北京市朝阳区东三环北路27号嘉铭中心　邮编　100020）
承 印 者：北京利丰雅高长城印刷有限公司

开　　本：889mm × 1194mm　1/16　　印　　张：8.75　　字　　数：150 千字
版　　次：2020 年 5 月第 1 版　　印　　次：2025 年 12 月第 14 次印刷
书　　号：ISBN 978-7-5217-1707-5
定　　价：68.00 元

序

关于过程

我是一个爱琢磨问题的人。而且，大部分问题是在脑子里自问自答。我整天都在自问自答，为什么要这样，依据是什么，接下来怎么办，等等。说为了个人发展也好，为了进步也好，不管你怎么称呼它，这是一种特别的审查过程。不仅仅是我，我周围的大多数人都有这个习惯。

从懂事起，大人就教导我们，人往高处走，只有这样才能成功。每年在学校升一级，每年过完生日长一岁，在迈向成年的道路上，每年都是一个里程碑。然后开始与人约会，确定男女朋友关系，同居或进入婚姻，有些人还会生儿育女。在亲密关系里，我们经常会计算一起生活了多长时间，我们以为，时间越长关系越深。参加工作后，我们又期望升职加薪，或者自己做生意，希望业务能够年复一年地增长。

我当然赞成以上所有的努力标准，因为我就是这么长大的，毫不怀疑进步对个人和社会产生的积极影响。但是最近，我又有了新的问题：为实现所有这些目标，得付出多大的代价？又什么时候才是个头呢？

过去十年，我基本上醒着的时候都在工作。不工作时，我也在不断地审视自己的生活还有什么可改进的余地。事业成功是我很小的时候就设立的目标，也成为我检验自己的标准。我全心全意投入工作中，工作定义了我现阶段的生命，至今仍主宰着我。工作中取得的成就影响了我生活的方方面面。它满足了我的自尊心，却不一定听从了我内心的声音。

与此同时，朋友和家人对我的健康和生活方式表示担忧，他们希望我能找到工作和生活的平衡。这对我触动不小，我觉得既内疚又困惑。每周工作60 ~ 70小时是不是太多了？谁来决定到底工作多少小时算太多？有一天我会不会后悔只用一包奥利奥和一罐健怡可乐就打发掉自己的晚餐？很可能会。我怎样才能让自己更健康呢？

这种自我与内心的斗争几乎要了我的命。去年年底我开始意识到，我连是真正喜欢自己的工作，还是因为从小被灌输的成功学才这么努力都没搞清楚。现在，该怎样透过现象看本质，找到“真实的自我”呢？甚至，找到自我这件事有可能吗？也许这根本就是一种幻觉？

这种搞不清楚状况的沮丧，导致我与朋友进行了一场WhatsApp（一种通信软件）对话。我问她：“我是事业型女性吗？我是可靠的朋友、好女儿、好妻子吗？将来我能暂时放下工作，回家带孩子，成为合格的母亲吗？以上这些，我能全部做到还是部分做到？”听完我的倾诉，朋友只简单地说：“与其努力满足所有人的期望，你为什么不先想想自己想要的生活到底什么样？”

要是把人生所有的愿望都放进一个盒子里，那我的就是一个会变色的盒子。外面五光十色，满足我各种情绪化的需求；里面是柔软的羊皮，让我感到温暖舒适；还有四个轮子，每个角一个，让我在人生的陡坡上轻松上行，不至于被那些“应该”实现的目标而拖垮。

我总算开始明白，把内心自我审查的声音关小一点儿，听从自己的本能，这就是我成为自己的过程。

——Rosa Park

目录

Alice Cavanagh, **撰稿人，巴黎**
The Vanity Fair Diaries: 1983-1992 — Tina Brown

Anders Schonnemann, **摄影师**
Fear: Trump in the Whitehouse — Bob Woodward

Ash James, **销售 & 数字经理**
An Education in Happiness: The Lessons of Hesse and Tagore — Flavia Arzeni

Cerruti Draime, **摄影团队**
The Beautiful and Damned — F. Scott Fitzgerald
Napoleone — Georges Lefebvre

Charlie Lee-Potter, **作家**
The Unfortunates — B.S. Johnson

Hugo Macdonald, **作家**
The Mitfords: Letters Between Six Sisters — Charlotte Mosley

Irina Boersma, **摄影师**
Joseph Anton: A Memoir — Salman Rushdie

Iringó Demeter, **摄影师**
Flights — Olga Tokarczuk

Jake Curtis, **摄影师**
The Outsider — Stephen King

Jenny Bahn, **作家**
There There — Tommy Orange

John Balsom, **摄影师**
Naples '44: An Intelligence Officer In The Italian Labyrinth — Norman Lewis

Jonathan Gregson, **摄影师**
Hold Still: A Memoir With Photographs — Sally Mann

Justin Chung, **摄影师**
The Tipping Point: How Little Things Can Make A Big Difference — Malcolm Gladwell

Justin H. Min, **撰稿人，洛杉矶**
Calypso — David Sedaris

Laura Fowler, **作家**
Outline: A Novel — Rachel Cusk

Lucy Brook, **作家**
I Am, I Am, I Am: Seventeen Brushes With Death — Maggie O'Farrell

Matilda Bathurst, **作家**
Complete Stories — Clarice Lispector

Matthew Johnson, **撰稿人，纽约**
All the Names They Used For God — Anjali Sachdeva

Monica Grue Steffensen, **作家**
Experiencing Architecture — Steen Eiler Rasmussen

Ollie Horne, **协理编辑**
In Europe: Travels Through the Twentieth Century — Geert Mak

Rich Stapleton, **创意总监**
The Map and The Territory — Luigi Ghirri

Richard Aslan, **特约撰稿 & 副主编**
Afan Oromo: A Guide to Speaking the Language of Oromo People in Ethiopia — Abebe Bulto

Rory Gardiner, **摄影师**
In Praise of Shadows — Jun'ichirō Tanizaki

Rosa Park, **主编**
Conversations with Friends — Sally Rooney

Seb Emina, **作家**
Virtuoso — Yelena Moskovich

Sheila Lam, **撰稿人，温哥华**
Essayism: On Form, Feeling, and Nonfiction — Brian Dillon

《谷物》正在

携带

Kinto 旅行杯

地点：Hay Bath

阅读

Graanmarkt13 的

A White Facade，Five Floors and An Open Door

冥想

与 The Broad Place 一起

摄影：Ash James

上午

手提包
by Connolly

摄影：Ash James　地点：Hay Bath

one

1

姐妹

费伊 · 图古德
和埃丽卡 · 图古德

文字
Hugo Macdonald

摄影
Iringó Demeter

妆发
Nadira V. Persaud,
using Studio 10 Beauty

1

姐妹

费伊·图古德和埃丽卡·图古德

很多人认为图古德（Toogood）姐妹无意中引发了一场变革。她们在英格兰的小县城拉特兰（Rutland）长大。费伊（Faye）在学校学的是艺术史，毕业后做了设计师，创办了内饰世界工作室，然后，在2008年成立了以自己名字命名的图古德工作室，进一步探索“物体、雕塑和空间之间的关系”。埃丽卡（Erica）是时装界和纺织界的资深剪裁师，有多年时装秀和剧院幕后工作经验。她们把自己形容为“裁缝和修补匠”，在2013年共同成为图古德品牌的创办人，用服装作为理念表达的媒介。发布了11个系列的作品后，她们很快在时装界站稳了脚跟。如今，她们仍然初心不改，认为时尚是一种着眼于个人表达的手工艺品。在伦敦东部雷德彻奇街上的图古德之家，我们找到了这对一起工作的姐妹。

姐妹关系对工作有什么影响?

埃丽卡：让我们更勇敢。

费伊：“勇敢”对我们来说很重要。一起长大的我们，天生就很有默契。我们俩差5岁，小时候总是处在成长的不同阶段，有过很多矛盾。

埃丽卡：总是一个人状态好的时候，另一个人碰巧很糟糕。

费伊：20岁以后，我们各自成长为独立的个体，姐妹关系才进入前所未有的新局面。

你们是如何开始合作的?

费伊：图古德最早成名，是因为一个名叫“表盘上的7个设计师”（Seven Designers for Seven Dials）的项目在2012年伦敦考文特花园设计节上获奖。我们在街上挂起49件超大尺码、2.5米高的外套，缅怀已经消失的英国传统商业。每件衣服上都挂着一个巨大的金属标签，上面写着消失了的行业的名字。

埃丽卡：大衣经过特殊的剪裁，手臂和腿部都有折痕，口袋往前吊着，有做旧效果。我们用工作室的同一台缝纫机把49件外套全做了出来，用的材料是浴室的浴帘布，然后清理出一块空地，用工业油漆上色。

费伊：这个项目让我们特别有灵感。那些消失了的行业，还有我们正在失去的知识和技能很让人震惊。我们之前讨论过将埃丽卡的剪裁设计能力与我的设计结合起来，一起提升英国的手工艺水平。

埃丽卡：在这样的初衷下，我们的第一个系列诞生了：代表八个行业的八件大衣，有扫路机的、石油钻机的、养蜂的和送牛奶的。这个系列在巴黎展出，引起了轰动。几年下来，我们已经有了50多个经销商。

费伊：“怀旧”对设计师来说是很难把握的。幸运的是，我学的不是设计，思维完全不受束缚。过去的剪裁、打版和制作与现在的一脉相承。它们能帮我启发灵感，找到感觉。这和仿造或是复制过去的作品完全不同。我真的很敬佩埃丽卡，她亲手剪每一个花样，而不是在旧衣服上直接建模子、做一些微调。重新还原这些旧款式需要耗费非常大的工作量。

埃丽卡：费伊给我探索的勇气。每开始一个新作品，她总是问我一堆的问题："肩上为什么非得有那个缝？"我跟她解释，这个缝是把其他几片连在一起的。然后她会继续追问："有没有其他的解决方案？"

你们为什么觉得中性服装会激发人们的想象力？

埃丽卡：中性很现代。但对我们来说，中性是很自然的选择。甚至从一开始，我们就没有考虑过男装还是女装的问题。

费伊：我们是为男人、女人，父母、朋友，艺术家、建筑师……所有我们认识的、不需要性别标签的人做设计。性别从未进入我们的视野。所以触碰到这个尖锐的问题，男人和女人是否可以穿一样的衣服，对我们来说纯属偶然。

你们还把每件衣服的制作信息都标示得非常好……

埃丽卡：透明度至关重要。我们的每件衣服里都有一本服装"护照"，设计师、制作者、剪裁师、裁缝、打版师和手工缝边师的名字都在上面。"护照"上还标了"伦敦制造"。我们认为，过程中的透明度会让产品更人性化、更合理。

你们在制作过程中如何沟通？

费伊：我们管它叫"默语"。小时候，我们总是在房间的不同角落独自玩耍，偶尔才会一起玩。阐述设计理念，然后将成品可视化是我的工作；埃丽卡负责选布料、做扣眼、裁袖子这些活儿。我从头到尾都会在场，而埃丽卡负责整合，就像小时候，我们只在某些特定的情形下才一起玩耍。

埃丽卡：我们互相给予对方足够的空间和尊重。每个人有自己的领域和角色。

费伊：埃丽卡在顶层有自己的裁剪工作室。我没有自己的办公桌，到处跑来跑去。我不喜欢电脑，也不喜欢长时间坐着。大部分时间我都在脑子里思考着各种方案和图样，把它们合成一个统一的概念。埃丽卡可以随时用剪刀和布来实现这些想法，画图样花不了多少时间。

埃丽卡：我们没有可以画出150种方案的设计团队，我们只在纸上简单地写写画画，分享一下想法后就开始动手。我们信任对方，不必在过程中浪费时间。

费伊：我们的衡量标准是这些衣服埃丽卡和我会不会穿。如果我们俩都不想穿，那就通不过。太多设计师考虑的是外部——市场的需求，而不是人的需求。我们很清楚这些衣服是给谁穿的。

埃丽卡：这也是为什么我们的衣服感觉很真实。我们的设计是3D的，我们在费伊身上做标记，改设计，然后再固定到模特身上。在巴黎展出第一个系列作品，我们自己充当模特。我们让客户坐在沙发上，然后跑到窗帘后面换上不同的样式，出来展示给他们看。最初的经销商今天还在与我们合作，我们姐妹俩跑来跑去为他们试穿样衣，这件事很打动他们。我们很朴实。

费伊：我们永远要做局外人，不属于家具、产品、艺术品、室内装饰和时尚行业，但又用某种方式参与每一个领域里。我们用对自己有意义的方式来工作。

埃丽卡：我们抓住了想象力。人们能看到我们的作品来源于哪里，他们喜欢看到真诚的东西。

费伊：我们努力从真实出发，否则就只是给衣架上的布料一个形状而已。在这个过程中注入真正的关心和诚意，人们就会与成品建立情感。人活着就是为了与事物建立情感，你会跟你穿的衣服、坐的椅子、生活的房间和吃的食物建立情感。

你们希望人们与你们的衣服建立什么样的情感？

费伊：用户必须是整个设计过程中的一部分，这一点很重要。他们与设计师、裁剪师、打版师和裁缝一样重要。这意味着他们也要在穿上衣服以后把它变成自己的衣服。我们在每件衣服的“护照”上留下客户签名的地方，让他们成为衣服的主人，让衣服成为他们的一部分。或者，如果这件衣服是你从你姐姐那里得来的，你可以划去她的名字，把自己的名字写上去。这样，衣服就成了你的一部分。

two

2

健康遗产

与苏珊 · 考夫曼

在贝曹 · 博斯特酒店

文字

Alice Cavanagh

摄影

Rory Gardiner

苏黎世以东两小时车程的布雷根策瓦尔德山里，藏着奥地利小镇贝曹。跟这里的其他山村一样，贝曹有一座漂亮的教堂和很多座有工业风的原木房子，有满目苍翠的夏天和冰雪覆盖的冬天。

这个风景如画的小镇很受度假者们的欢迎，也是原生态护肤品牌苏珊·考夫曼（Susanne Kaufmann）创始人的故乡。苏珊夫妇和两个孩子生活在这里，并管理着贝曹·博斯特酒店（Hotel Post Bezau）。这是一家历经五代人经营的温泉酒店。她还兼顾自己护肤品牌的日常业务。

这个小镇，尤其是周围的自然风光，是考夫曼品牌全球业务的基石。这个品牌的产品用明亮、纯净的可回收玻璃瓶封装，贴上白色的标签，在世界各地最好的护肤品专柜销售。

就是在贝曹镇，苏珊在家人的带领下开始了解草药的治愈功效。“我的祖母自己采药，叔叔是这一带著名的治疗师。”苏珊说，“感谢他让我继承了很多药方。”而祖母教她鼠尾草和圣约翰草的药用价值，这两样草药都已经用在了她的护肤品中。祖母还精通爽肤水和面霜的制作方法，每周都用天然产品洗头发，她学到了啤酒可以增加头发的光泽，甘菊能亮发。

这些知识让苏珊成为现代美容行业最早以天然成分成名的人之一。“天然”一词在这个行业一度只是极端的代名词，16年前考夫曼品牌的推出改变了这个局面。“我们一直在追求有效。既要天然，也要有效。”该品牌的抗衰老产品线，例如缓解环境压力的A系列就是很好的代表，十年来被许多其他品牌效仿。

考夫曼的故事是典型的“酒香不怕巷子深”的故事，而这一切都始于贝曹·博斯特酒店。这家酒店是著名的山区养生胜地，有水疗中心、蒸汽室、桑拿室和游泳池，住宿风格简朴。今天，酒店的水疗中心就是考夫曼产品的缩影。这里宁静而原始，让疲倦的旅行者得到滋养和关爱。在她母亲那个年代，这里只提供泥浴和按摩，强调的是疗养功能。“我从小就很喜欢来这里，看按摩师怎么按摩，而且随时都想帮忙。”苏珊说她每周都会按摩。“我妈妈相信按摩有很多好处。”

在2003年水疗中心翻新时，苏珊决定开发一个护肤系列，仅在酒店内部使用。她在附近找到一家家庭农场，一起合作冷榨有机植物和制作手工包装产品。第一系列产品有24种。“我没想到它会成为国际品牌，从来没有。”她说起自己的初衷。但是，客人们反响热烈，要求购买的电话应接不暇。

今天，苏珊还在同一家家庭农场用同样的方式生产，只是产品增加到100多种。“产量在增加，供应商与我们一起成长，一起扩展业务。只有这样才能把最新的科学研究成果运用在原料上，让生产和包装更环保。要是到处建厂，这种方法就不起作用了。”

下一步，苏珊将注意力转移到解决酒店用餐中的食物浪费上。她想全部用本地生产的食物。这和她的护肤理念遵循同样的哲学——回归简单和经过时间考验的古老传统。

就是在贝曹镇，苏珊在家人的带领下开始了解草药的治愈功效。“我的祖母自己采药，叔叔是这一带著名的治疗师。”

susannekaufmann.com

散文

有葡萄吗？

文字
Seb Emina

“工作的普世价值是转化现实，改变现状，把东西从一个地方送到另一个地方。”
——罗马皇帝马可·奥勒留

我以前干过给航空公司包装水果沙拉的工作。任何一份水果沙拉在成品前都要经手好几道分包商。雇我的是一个临时代理，这个代理的上游是一个分包商，分包商上面是餐饮供应商。一小盒沙拉经过这所有的一串分包商，才会到达最顶层，某家航空公司，然后被发往某架飞机，出现在某个托盘里，由一位空姐端到一个出差的商务人士面前。他刚吃完一盘意大利面，看见水果，脸上露出愉快的笑容。那时候，只要航空公司甜点告急，下了紧急订单，我的电话就会响起，因为我什么工作都接。我会马上乘公共汽车，按地址找到一家大得有点儿离谱的仓库，开始工作。

仓库的一角有一条临时传送带，已经有6个人等在那里。一个工头进入房间，把我们打量一遍，然后给每个人分配岗位。我在流水线的最前面，将水果从一个大黑桶里分到盆里。盆由另一个人放在我面前。传送带往前走，有一对秤，另外两个人在那儿称重。再往后的两个人，我这个新手就看不懂他们在干什么了。

工头递给我一双到肘部的乳胶手套。“最后一件事，”他说，“桶里有苹果、芒果、菠萝和香蕉，随机放就行。但是葡萄，每份沙拉里都得有一颗葡萄。只能放一颗葡萄，懂了吗？”

在我打零工的那段时期，一个奇怪的现象越来越明显。我干过各种各样的工种，但它们又基本上都是一样的。所有这些工作，人们不再“完成”任何事情，而只是“处理”。我处理过医疗记录、集装箱、车祸证明、消防员工资单、加工食品信息、圣诞贺卡、药剂师夜间工作报告等。这些东西都跟水果沙拉异曲同工。

我的意思不是说这些经历有什么不寻常。恰恰相反，我们生活在这样一个时代，提到“正常工作”这个概念，脑子里会下意识地出现一个坐着或站着、做重复性工作的人。也许还包括偶尔和其他人开会，讨论未来计划，或者评估过去的工作。

历史上第一次将“process”（处理）作为动词使用是在16世纪。这是一个法律用语，来自古法语的“processor”（律师），字面意思是“起诉者”。过去几个世纪以来，“处理”涵盖的范围已大到无所不包，几乎无处不在。我们处理信息、食物，处理分手。这篇文章用的软件是文字处理器，在计算机的中央处理器（简称CPU）的运行下完成。根据预测，未来将有数以百万计的工人被CPU驱动的机器所取代，比如机器人、无人机、大数据。即使法语中原意所指的律师们，也正在面临人工智能革命的威胁。

我并没有自己“创造”（确切地说，应该用“准备”这个动词）出沙拉来，我只是处理沙拉的过程中的一部分。吃这些沙拉的乘客们肯定会一边吃一边看一下窗外。机舱窗外，正如德国作家W. G. 圣塞巴德（W.B. Sebald）所描述的：“好像没有人，只有人制造出来的东西，而人们都藏在这些东西中。”

在仓库里，传送带滚滚向前，我开始意识到关于葡萄的规定将会成为怎样的灾难。本来期待着机械地工作、重复一个动作时，头脑可以自由思考。而现在，我只能不断地问自己：放葡萄了吗？一遍又一遍地问，一遍又一遍地回答自己“放了”还是“没有”。如果沙拉里没有葡萄，或者有两颗葡萄，后面负责检重的人会发现，我就麻烦了。

有葡萄吗？有葡萄吗？有葡萄吗？“葡萄”这个词在第三次重复中还能不能保留原来的意义？当我将手伸进桶里，这机械的重复会让我忘记“葡萄”的本意，忘记“葡萄”在这里到底意味着什么。为了保持头脑清醒，我得像谚语里说的那样，不时地掐自己一把，告诉自己这不是在做梦。然后慢慢地，这个问题不再是一种折磨，而成了一个保证。它就是一个咒语，让我确保自己不是一台机器。

three

3

寂静时刻

与卢西亚诺 · 朱比莱伊一起

雕刻花园

文字

Matilda Bathurst

摄影

Ash James

走进卢西亚诺·朱比莱伊（Luciano Giubbilei）伦敦西区的工作室，落入眼帘的是马略卡岛艺术家吉列姆·纳达尔（Guillem Nadal）的三联泥画。在这个通透宽敞的空间里，泥画被镶进画框，挂在白墙上，象征着地球的原始美。这些画是纳达尔用手指蘸满泥浆，在弹性画布上涂抹出来的，有一种即兴、原始的建筑感。就是在这样一个自然与秩序交融的空间里，朱比莱伊生活和工作着。

我们在书房坐下来聊天，他管自己的工作室叫作“调音区”。久违的英格兰地区的光线照在灰色半透明的纸上，有种渐变的效果，那是朱比莱伊的草图。“我做园艺设计时，会花大量的时间在现场观察，找到空间的形式感和含义。这得靠直觉，有点儿像跟陌生人第一次见面。你只需要抓住一个手势、动作或图案，就可以定义整个花园。”

朱比莱伊以严谨而富有诗意的审美著称，擅长在意式风格中注入十四行诗般的排比和变奏。他喜欢简约，喜欢利用光线创造丰富的视觉效果。他有很多主流的知名作品，比如为香槟酒庄洛朗–佩里尔（Laurent-Perrier）在RHS切尔西花展设计的花园，荣获金奖和最佳设计奖。在世界各地，从肯辛顿到达拉斯都有他设计的私家花园。但同时他的作品又很叛逆，不是那种公开的反抗或激进主义，而是内向的、忧郁的、安静的抵抗。与他交谈，你很容易感受到他的谦卑和内向。

朱比莱伊的风格让人联想到比利时已故设计师雅克·维尔茨（Jacques Wirtz），他喜欢将花园中的植物修剪出有层次的雕刻感，或者荷兰设计师彼得·欧道夫（Piet Oudolf），他特别关注植物的形状和纹理。可能还有丹·基利（Dan Kiley），第二次世界大战后，他运用理性而具象的几何图案，强调数学上的秩序感。但最能帮助我们理解他作品的，可能还是与他合作的艺术家们。墙上挂的木雕《日食》（*Eclipse*）是雕刻家奈杰尔·霍尔（Nigel Hall）的作品，架子上是极简艺术家李禹焕（Lee Ufan）的照片，旁边是已故艺术家玛丽亚·安东尼奥·卡里奥（Maria Antònia Carrió）的黏土小船。而马略卡岛上这栋由陶艺师故居改造的工作室，则表达了他最重要的价值观——艺术交流。他目前正在做室内装修和园艺设计，一座新的居所将在今年完成。

“交流对我来说是必不可少的观察和思考方式，你可以有自己的风格，但需要外界反馈。我的反馈大部分来自艺术家、前辈和客户。当然，还有与土地本身的交流。”他给我看一本植物手绘草图，银色水苏和白色马鞭草中点缀着紫色的丹参。“这是花园的一些设想，但不是花园本身。植物的种类可能是这些，但实际操作时会调整。”

他指着紫色和黄色花卉之间精确的分界线。“种花的时候，这个分界线不会这么明显，种植的密度会大很多，植物数量可能会是计划的两倍。在实操的过程中要不断测试，有时候难度很大。”他耸耸肩，将草图放在一边。“乌苏拉·冯·雷丁斯瓦尔德（Ursula von Rydingsvard）曾经告诉我，唯一的办法就是自己尝试。她让我明白了园艺设计和雕塑之间的相似之处：不管你拍多少图片，画多少张草图，有多少抽象的概念，最终都必须从零开始，一步一步来。你将原料一点点变成作品，作品会用实际的结果来回报你。”

我查看墙上的照片和杂志剪报，那是托斯卡纳地区奥尔达山谷的一个项目。“通常开始一个项目时，我们会设定一个目标。成功的标志是完成目标，但我不知道怎样才算是真正的完成。花园不是静止的，它永远在生长。”他给我看雾气笼罩下的托斯卡纳花园的照片。“但这座花园不一样。过去的四年中，我们不断回去维护，这样花园里的植物能够与季节同步。能长期维护一座已经设计好的花园真是太好了，我们可以不断重新评估，做出决定，并在合适的季节播种合适的种子。”

“我设计的第一座花园就是在托斯卡纳。十八九岁的时候，我遇到一个英国女孩，我们一起租了一间公寓，窗外是卡森蒂诺山。我有一块菜地，在里面种洋蓟、西葫芦、南瓜和草药。奥尔达山谷这个项目的各个层面都用到了那时候积累的经验。首先，它的风格正像那块菜地的，没有种花，而有高大的树篱和修剪过的植物。其次，有很多同样好闻的地中海灌木。2015年我开始放下绿色花园的概念，在东萨塞克斯郡的大迪克斯特建了块试验田，后来试验田的经验都用在了奥尔达山谷的项目上。而就在四个星期前，我们回到奥尔达山谷，重新修整那座花园，种上春天的球状根茎，就好像回到了一切开始的地方。”

朱比莱伊给我描述他的第一座花园：无花果树下有张桌子，太阳从山后升起，爬上布拉里奥的城墙。“我在锡耶纳跟着祖母长大，没在乡下住过。我祖母没有花园，但她教给我简单和优雅的审美。她话很少，把一切都收拾得很精致。头发梳得一丝不苟，每天早晨穿上优雅的法式连衣裙去买菜。我记得我们几乎天天都吃米饭、黄油和帕玛森干酪饭、番茄汁饭、蔬菜饭，剩饭第二天做成炸肉饼。在我的记忆中，我们的饭菜虽然简单重复，但都做得很用心。”

朱比莱伊停顿了一下，“我喜欢简单带来的美感。”这句话很好地概括了他工作室的气氛。在我们的沉默中，厨房里传出做午饭的声音。有人在打开橱柜，摆放盘子。“最近在花园里工作，我常感到莫名的喜悦。在封闭空间里做园艺是中世纪的传统，它很特别。当然，开放的空间让人视野开阔，但封闭的花园让人的思想更专注，一举一动都很专心，这是很不一样的感觉。”

朱比莱伊花园里的花需要你发现和寻找，日本海葵藏在红豆杉后面，玫瑰花丛躲在花园外围。这不是刻意的收敛，而是适度的激情：在朱比莱伊的世界里，美始终有所节制。他的办公桌上摆着一本书《学习幸福：黑塞和泰戈尔教给我们的》，作者是弗拉维亚·阿岑（Flavia Arzeni）。我想着黑塞和他故事里的园丁，在他的故事里，园丁经常是伦理的象征。朱比莱伊说：“你会给自己设限，所以你要留出可能性。静止的照片是为了表现动感，同理，花园里的寂静也是一种舞蹈。每一个角度和画面都是变化中的定格，去掉任何一个元素，整体就不存在，一切都失去了意义。”

“一个设计中包含很多因素和变化，其中总有些固定的点，比如重复出现的修剪灌木或樱桃树。花园围绕着这些点产生变化。人们可能认为这是一种停顿的艺术或完美主义，但其实这就是生命的本来面目。就像土地一样，生命在表面以下。”

工作人员穿过书房，他们摆好桌子准备吃午饭。装着蛋饼和橄榄的碗被端过来摆上桌子，石灰石和橡木的设计样品被挪开。光线透过高高的窗户，显得更加明亮。图纸被挂回墙上。白墙隐退，淡出视线。工作室开始喧闹起来，工作了一上午的人们饿了。这也是某种完成的标志。

lucianogiubbilei.com

four

4

宇宙
法则

定义
爱马仕女人

文字

Jenny Bahn

摄影

Rory Gardiner

绿色的银杏叶在微风中颤抖，树枝上蝉声震天，好像在发泄着愤怒。日与夜变得混沌而暧昧。过去两周，东京经历了创纪录的高温，几乎要被摧毁，而它挣扎着保持平衡。男男女女都不停用毛巾擦着闪闪发光的额头和湿滑的脖子上的汗水，人行道和地铁站台上的人们疯狂地挥舞着纸扇。浓稠的热气久不消散，消耗着人们的体力，无人幸免。但也许有一个例外，她就是巴利·巴雷特（Bali Barret）。

巴雷特是爱马仕的神秘幕后人物、创意总监，负责所有女性用品的设计。爱马仕跟巴雷特一样，都不甘于平凡。它的产品大胆，不因循守旧，代表着奢华的最高境界。在这里，鳄鱼皮像纯棉一样普遍。时尚界传说，爱马仕设计的1000条真丝丝巾连起来可以到月球。爱马仕是梦想家们建造的殿堂，而巴雷特就是其中之一。

爱马仕是一个喜欢超越现实的品牌。我参加的这次爱马仕“女性的宇宙”活动——AW 2018系列展示会，特别能体现这一精神。与传统形式不同，这个活动为期一个月，以剧院形式在东京国立艺术中心展出。这个展览名叫Avec Elle，强调沉浸式体验，引导观众参观一系列精心制作的场景，每个场景都讲述一个寻找“心目中的她”的故事。展厅里有摄影团队、美容团队、舞台灯光，还有场记板和摄像轨道。观众在场景之间走动，展厅里整齐地摆放着道具和服装设计师使用的材料。巴雷特在电影制片人和策展人劳尔·弗拉马里翁（Laure Flammarion）的帮助下创造了一个虚幻世界，参观者不仅可以参与产品互动，还可以做一回爱马仕女人。

那么，谁是爱马仕女人呢？“就是一个可以自己定义自己的女人。”巴雷特一边吃着午餐一边说，拿着筷子的手上戴着一枚闪闪发光的戒指。她倾身向前，脖子上的丝巾映衬着她的蓝眼珠，眼睛里闪着儿童般的天真和旁观者的坚定。“你得知道你想要什么，还有你是谁。”她坚定地说。

巴雷特的坚定在Avec Elle这样的项目中表露无遗。她担任爱马仕创意总监以来所表现出的自信，不仅是在挑战自己，也突破了人们对这个品牌的想象力。她不希望爱马仕流于古典或保守的形象，想要突破人们对爱马仕的“老套”看法。对于她来说，不可预测性是突破的关键。“我们不是博物馆，不是一遍又一遍地重复和老套，而是传统与现代意想不到的结合。如果人们说‘那是爱马仕吗？原来他们这么酷’，我的任务就完成了。”

与劳尔·弗拉马里翁（Laure Flammarion）这样的艺术家合作是保持品牌活力的重要方式之一。爱马仕好奇和开放的传统由来已久，在公司内部一直受到鼓励。“不只是我们自己要创新，”巴雷特解释道，“我们也会迎来新客户和新视角。这是很自然的事，也很有挑战，因为新客户也会问新问题。”她举例说，2012年应皮埃尔－亚历克西斯·杜马斯（Pierre-Alexis Dumas）之邀，与日本摄影师杉本博司合作，将他十年来的作品通过宝丽来胶片印到丝巾上。杉本的作品色彩渐变，奇妙地互相渗透，是爱马仕从未尝试过的创新。“我们必须开发新方法来适应艺术家的作品。这让我们不断进步，我们必须寻找新方法。”

巴雷特从不惧怕未知。“我是一个爱激动的人，”她笑着坦白，

东京国立艺术中心主办了爱马仕“女性的宇宙”活动，展示了他们的AW 2018系列，标题为Avec Elle，活动为期一个月，受电影院的启发，强调沉浸式体验，巴雷特担任艺术创作导演，与法国电影制片人劳尔·弗拉马里翁合作。

“总是想要改变，人们都知道我的个性。我有很强的批判思维，能看到问题，并且知道采取什么措施来解决问题。我每天都在尝试。”在各生产线团队的帮助下，她推动着品牌不断创新。这里永远为创新、有趣和个性留有空间。然而，有一个爱马仕传统，巴雷特永远不会改变，那就是对工艺的重视。她说：“对工艺细节的认识不只是一个概念。”对质量的推崇融入爱马仕每一件产品中。不管设计如何出色，对巴雷特来说，光是看着漂亮远远不够，必须同时好用、实用，经得起时间的考验。“做设计的时候，我总是问自己，五年后还会喜欢这个设计吗？十年后呢？”“在设计领域，能创造经过岁月淘洗依然深受喜爱的产品是最难的。如果实现了，会很有成就感，但这很难。我们也并不总是能做到这一点。”

但其实，巴雷特的大部分作品都是成功的。自2009年担任创意总监以来，她主持了许多著名的产品线设计，监制了很多发布活动。她的鉴赏力和特殊品味是天生的，又经过了后天的打磨，有时候甚至有点石成金的魔力。“这靠的是直觉、分析、大局观、理解力和……”她停下来，寻找准确用语，“要放弃控制，亲爱的。”这种敢于冒险的能力是巴雷特在数十年的职业生涯里练就的，她明白信任自己的重要性。“创作需要时间。有时找不到答案，我只能对自己说：我就是不知道。这时候只能把它放下，过一阵子再回来，它往往会变得更加清晰。就像一个小游戏，你必须懂得这个过程的必要性，然后就不焦虑了。年轻的时候，你会说：设计不出来，怎么办啊？我现在还会有这种感觉，但心里知道这感觉并不真实。这就是区别。你只需要等待，灵感终究会来。”

Avec Elle由一系列精巧装置组成，配备了照明设备、摄像头、演员以及电影和美容等工作人员。 每个场景都讲述一个寻找“心目中的她”的故事。

Prod. 彼女と。@HERMES
Roll
#1
Scene
1
Take
1
Director L. FLAMMARION
Camera D. KHONDJI
Date
Day

PAUL AUSTER
4 3 2 1

“总是想要改变，人们都知道我的个性。我有很强的批判思维，能看到问题，并且知道采取什么措施来解决问题。我每天都在尝试。”

——巴利·巴雷特

散文

成为母亲

文字

Alice Cavanagh

成为一个母亲是一件很私人的事。当然，我只能代表自己发言。但改变不是一夜之间的事。我不是一夜之间变成了“妈妈”，我仍然是那个爱丽丝，只不过爱丽丝因为压力而充满焦虑。荷尔蒙的巨变，睡眠不足，怀里这个小小的脆弱的生命，都会让你觉得崩溃。

怀孕比计划中花了更长的时间。最具讽刺意味的是，多年来一直小心翼翼地避孕，每次怀疑中了招都恐惧得不得了，没想到最后想要怀孕时，却又百般不能成功。而一旦怀孕（终于……），我又开始被身体和情感的各种变化折磨得筋疲力尽。我运气不好，孕妇的罪一样没少受，孕吐，酒糟鼻，严重的胃酸反流让我几乎无法呼吸。后来因为肚子太重，脚上的旧伤复发，还成了个瘸子。

我不想仔细说生孩子的过程，但你要知道，生孩子尽管很自然，却也很暴力。尽管人体是一个奇妙的系统，生孩子一样能把它耗得精疲力竭。生孩子是一个分水岭，从此你永远变了。所以，我要骄傲地说，女人，也只有女人，才是真正的战士。

虽然一直想要孩子，但我从来没有仔细想过生孩子到底有多难。事先心理上确实有些准备，比如睡觉可能会受影响，但完全没想到会受那么多的苦。刚怀孕的时候，翻来覆去地来回琢磨孕产知识，为了搞清楚婴儿最佳的室内温度，该给新生儿盖几床被子，什么面料的床单、被子最好，我不知道花了多少时间研究，这辈子都不想再想这些事了。我女儿的身体功能是不是健全这件事，也让我辗转反侧，后来我把全部精力都用来记录她的尿布，简直成了一个专业记分员。而我最焦虑的是孩子的睡眠，睡30分钟算是打盹儿还是正式的睡眠？等到她最后终于睡着了，我又开始恐慌，她要是不呼吸了怎么办？如果光看这两段文字你已经觉得不堪重负，那么请想象我每天的日常生活又是什么样。

当然，每个当父母的都会有类似的恐惧。没有人能帮你做好为人父母的心理准备。我89%的脑力都用在确保我女儿没事，剩下的11%在担心我先生是否会觉得我不胜任。有一阵子，他确实是这么想的，不过他没说出来，而现在我终于可以掌控局面了。

生孩子是如此自然的一件事，以至于我们都忘了它是一件多么了不起的壮举。如果你没生过孩子，那么想象一下9个月里身体承受着负担和限制，然后突然经历很极端的生理痛苦，身体完全被摧毁，接着屈服于一个完全没有自理能力的弱小生命，几个礼拜不能好好休息、不能好好睡觉，有些时候不能按时吃饭、不能保持个人卫生。人们总是说要好好照顾自己，我刚生完孩子那几个礼拜（好吧，甚至几个月）连穿衣服的力气都没有。产后4个月，我第一次锻炼的时候，忍不住失声痛哭，

她出生了，我也重新获得了生命，
我重塑自己来配合她。

多久没有考虑过自己的身体健康了？直到孩子9个月大，我才想起来偶尔用一下眼霜，好让自己精神点儿。我已经很幸运了，因为有人帮我带孩子。尽管如此，我还是好几个月根本没精力注意自己。

我曾经担心自己患了产后焦虑症，但跟妈妈们交流了以后，结论很简单：跟其他人一样，我只是吓坏了。产后10个月，我终于又开始想到了“自己”，可是我坚决不同意“完全恢复”这件事。不可能恢复到过去了。

动笔写这篇文章的时候，我希望能既诚实又多少有点儿幽默感。现在回头看，我大概是消极了点儿。这不是我的本意，其实我只是想表达生孩子的难度和挑战，以及那些艰难时刻给个人带来的成长（说到底，这才是我们人生的意义）。

所有这一切里最好的部分，是你和你的孩子在如此紧密的接触中建立的亲密感情。你们是一体的，两个人在这件史无前例的人生大事里共进退。你们分享所有的恐惧、痛苦和混乱。她出生了，我也重新获得了生命，我重塑自己来配合她。她快乐和开心的那些时刻，我感同身受。她长大一点儿，我也跟着成长。她笑我也笑，她哭我也哭。我们是连在一起的，心手相连，内心充满了幸福。

five

5

微妙
自然香

与琳·哈里斯一起

造香

文字

Charlie Lee-Potter

摄影

Rich Stapleton

造型

Nathalie Francis

H香水屋是一个令人陶醉的地方，空气里弥漫着香根草、佛手柑、橙花和橙子的味道。然而在这个我只能闻到四种香味的空间里，著名的好“鼻子”调香师琳·哈里斯（Lyn Harris）可以闻出好几百种味道来。她那时而出人意料的香水配方全部是自己独创，各有其迷人之处。琳的聪明之处在于将科学的严谨性与创新的灵感相结合。“从去巴黎和格拉斯接受培训的那一刻起，我就渴望创造，我对细节很狂热。”将琳的香水对着光，能看到手工吹制的玻璃瓶细腻的波纹和小气泡。“我们花了两年时间和玻璃艺术家迈克尔·鲁（Michael Ruh）合作开发，才做出这样的效果。我着手创立H香水时，就有个想法：‘为什么不去找懂玻璃的人做点有特色的瓶子？’那时候我家里就有迈克尔的作品，于是就给他打了个电话。两年后，我们做出了现在的瓶子，5个颜色分别代表5个产品线：柑橘、花、蕨、木和东方香料。”

一款新香水首先要在琳高雅低调的实验室兼商店里经过无数次试验，再由玛丽亚·斯皮克（Maria Speake）完成产品设计。在琳的办公室里，打开滑轨储物柜后是一排排黑色的小玻璃瓶，每个瓶子里都是她的一个试验品。瓶子数量之多令人惊讶，但更厉害的是橱柜里小巧的密码本。这些本子攒了几十年，记录了每种新香水的配料和配比。细细的铅笔字让我想起英国女作家夏洛特·勃朗特的笔记本，也只有巴掌大。确实，琳身上有勃朗特式的热情。“有的配方多达55种原料，但后来我越来越不喜欢用很多原料，现在最多25或35种。”一支香水里用这么多种原料，听起来似乎还是有点儿多，但琳说她有把握。“在格拉斯培训时，我和一个年纪比较大的调香师共用一个工作室。我们叫他‘古巴先生’，因为他曾经在古巴工作很多年。实验室里的人总是取笑我的配方太长，他们总是说‘快看琳的配方’，然后一起来参观我长长的配方。这时候古巴先生总会把他更冗长更复杂的配方递过来给他们。”

琳喜欢收集。她的店里摆着新鲜的约克郡苔藓、干花，还有助理卡罗琳从格洛斯特郡带回来的巨大树干。“我们把白纸盖在树皮上，用金色的蜡笔在纸上抹出纹理，用这些纸包装香氛蜡烛。”窗台上有个东西，看着像皮质的棕色斯诺克球。“那是我洛杉矶的一个朋友花园里的柠檬，放了该有25年了。”

H香水屋每年根据季节生产两个系列的产品。最新的系列起的名字都很有质感：金、麂皮、灰、天鹅绒和烟。“我有起名癖，名字就是一切，它必须完美地表现产品。”为了完善最终配方，琳不能受太多气味的干扰。尽管如此，她的宠物狗，一只边境梗帕波依然在她脚底下的篮子里躺着。“我工作的时候需要非常中性的气味，但闻不到我狗狗的味道，肯定是因为我太爱它了。”

琳将成就归功于父母和祖父母的影响。“童年对人的塑造太关键了。我的收集爱好是跟祖父母学的。小时候经常跟他们出去走很远的路，把大自然里搜集的东西带回来。我喜欢充满香气的房间，喜欢早上醒来寒冷的空气、炉火和面包的气味。爷爷奶奶有一个特别棒的花园，我喜欢豌豆成熟之前的气味，爱把豆荚压碎闻里面的味道。爷爷是木匠，我爱去他的工作间，看他工作，闻木头的气味。他总是衣着整洁，格子衬衫扣得整整齐齐，爷爷是我见过的最好看的男人。”

琳喜欢收集。她的店里摆着新鲜的约克郡苔藓、干花，还有助埋卡罗琳从格洛斯特郡带回来的巨大树干。

写这篇文章的时候，我把薄薄的香水卡放在鼻子底下，想努力分辨出它的成分，但是根本不可能。“金”里面应该含有“当归、法国熏衣草和突尼斯天竺葵”，但我闻到了橘子、果子露和在巴黎的某个十一月周末的味道。“天鹅绒”里含有“意大利佛手柑、伊朗加仑果、当归和鸢尾花”，而我闻到了在寒冷的树林里走过的长路，还有苏西姨妈手把手教我编织的味道。我对琳香水的错误判断证明了两件事：首先，我会是个很糟糕的调香师；其次，气味既关乎配料又关乎记忆。琳也受记忆的影响，“我想设计一种与黑暗有关的香水，木质、有胡椒味的，然后脑子里出现了记忆中的一幅画面，画面中是巴黎培训班同学们的样子，我还闻到了那时的味道。我喜欢坐着等人们在记忆中浮现。我脑里有各种档案、各种画面飘来飘去。”

前不久有位女士走进琳的店里，手上拿着一个小瓶子不停地哭。那一小瓶所剩无几的香水是她死去的母亲用过的，她问能不能看看里面是什么成分，再做一瓶给她。“我能帮什么忙呢？”琳问自己，“这里面是一颗破碎的心。于是我想了想说‘行’，我必须完成这个任务。”琳还有很多特殊项目，包括为女演员简·伯金（Jane Birkin）设计私人香水。“但是对我而言，最有意思的一个项目是为一位著名作家小说中的每个人物设计一款香水。想想看，如果你知道一个人的气味，肯定更容易刻画这个人物。”

离开H香水屋前，我又试了几款实验室珍藏系列的香水。每个人都有喜欢的气味，我喜欢“麂皮”，还有“灰”，也喜欢“金”，但有一款香水让我惊艳，它叫“墨”。它的味道很不普通，是从纸莎草中提取的。上礼拜我一直在学校教查尔斯·狄更斯的小说，这款香水让我闻到《荒凉山庄》里的法律文件、《大卫·科波菲尔》里的壁炉和《雾都孤儿》里的罗斯·玛丽的美丽手帕的味道。“墨”的味道一半是维多利亚时代的小说，一半是秋日漫步，隐约中还有一堆篝火、一滴伊迪丝·董贝的古龙水，还有一块干净的亚麻布。这款香水就是为我而生的，在这里，你也能找到为你而生的香水，它们都是琳·哈里斯智慧的结晶。

琳·哈里斯的香水由手工吹制的彩色玻璃瓶装置。5种不同颜色的玻璃瓶代表5个产品线：柑橘、花、蕨、木和东方香料。

perfumerh.com

sunspel.com

six
6

感官之旅

对话
埃利奥特·斯梅德利

文字
Matilda Bathurst

摄影
John Balsom

“我喜欢俗气。你可以收藏漂亮的东西，可以有好品味，但是你也得有俗气的一面。”埃利奥特 · 斯梅德利（Elliott Smedley）坐在老式乔治亚风格的椅子上，光线从扇形的哥特式窗户洒进来。这话从这样一个男人的嘴里说出来，有点儿不合逻辑。院子里的树影掠过窗玻璃，房间里的装饰让人宛若置身教堂，里面该有个正仔细研究资料的牧师才对。而现在，这个“牧师”正穿着雪白上衣、Nike Air Max运动鞋，手里拿着20世纪70年代的古驰（Gucci）拆信刀。“这刀确实有点儿俗气，”埃利奥特一边说，一边在蜥蜴皮的皮套上敲着刀子，“但是它们挺配的，符合我对物品和图像的概念里对细节和比例的迷恋。”

对形式、材料、故事和来历的关注，是玛丽勒本工作室（Marylebone studio）藏品的共同点。“这栋建于18世纪后期的建筑起初看起来像家商店。我第一次来的时候，心里想：‘我要个店面有什么用？’但是这一排哥特式窗户让我突然间找到了感觉。”他走到一个光秃秃的壁炉前面，一盏明亮的爱马仕灯照亮了里面的空间。“我们本来打算重新刷漆，结果在铲墙皮的时候发现了这个壁炉，干脆就把这面墙全打开了。楼下还发现了陶土管子、罐子，陶瓷做的狗和老式剃须膏，让我一直对这座建筑的过去有很多想象。”

现在，在介绍大门口的用马尾般粗的麻布手工缝制的古董沙发、弯背雕叶桃花心木克里斯莫斯椅、佛朗哥 · 阿尔比尼书架和可调节书写角度的乔治三世图书馆书桌的来历之前，我最好先介绍一下埃利奥特的专业背景和来历。

很难用任何标签或定义来“分类”埃利奥特。他把自己描述为一个斜杠青年：“我会把自己定位为创意顾问，在时尚界我横跨设计、造型、形象、品牌等各个领域，这些领域都不是孤立存在的。与品牌商做深入沟通，观察一条裙子的制作过程，可能会建议他们把袖子做得再长一点儿，这其实都是我工作的一部分。”

在一个重视名人效应的行业里，埃利奥特竭力捍卫自己的隐私。他并不到处鼓吹有多少有名的客户，而是让创意自己说话。作为一个极其看重形象的人，他却不用社交软件Instagram。他与巴宝莉（Burberry）的总裁和创意总监克里斯托弗 · 贝利（Christopher Bailey）紧密合作了17年，成功帮助其品牌转型，这一件事就足以证明他的实力。设计师们来找他，看上的是他挥洒自如的审美和搭配能力：“通过排列组合，找到相似点和搭配比例是一种直觉。约翰 · 索恩爵士（Sir John Soane）的博物馆就是这样的，其中我最喜欢博物馆的地下室。那里的厨房极简到只有必需品，但它的细节仍然有很多层次：这里一串小珠子，那里一条榫槽，都独具匠心。当然，房子其他部分的家具和各种老物件也很有想法。”

“组合”（combine）这个词本身就带有讲故事的含义。意大利语中，动词“combinare”不仅有“布置”的意思，还意味着“情节”和“策略”，这都是品牌设计的重要手段。但是，故事有真实感才会引起人们共鸣，所以对于埃利奥特

A

B

C

D

E

A.

维多利亚风格的黄铜信箱，手镀金字母，始自19世纪90年代。

B.

两块石头碎片，来自18世纪早期的英国建筑。

C.

白色 Nike Air Max 运动鞋，1.90和270版本，被收置在一个复古法式陆军包里。

D.

乔治亚风格黄铜镶边锁及其原装钥匙，来自伦敦斯毕塔菲尔德市场。

E.

查尔斯·波洛克椅，由20世纪60年代的Knoll皮革制成。

F

G

H

I

J

F.

圣保罗大教堂的H.Sjöman油画，作于20世纪20年代。

G.

本·尼科尔森的两幅带框针刻画作，描会了水罐、玻璃杯、高脚杯的形状，直纹纸印刷版。

H.

19世纪珊瑚，框架为19世纪40年代的雪松木。

I.

YSL宣言旁边的复古包，2010—2011。

J.

19世纪初期的橡木门厅椅，上面挂着爱马仕Etriviere单肩包。椅子上有约翰·明顿的头像铅笔画。

“我们一般从这些实物，而不是网上的图片开始。我们给这些东西拍照，然后把它们拆解成零部件，摊开摆在地板上，作为最初的图像或想法，再围绕它们完成整个设计。”

——埃利奥特·斯梅德利

来说，相关性就是一切：这里面包含了实用主义，创造力要与现实相结合，让品牌找到自己的定位和方向。“找到相关性需要做很多工作，对我而言，灵感总是先从一个意象开始。有时候是在这里，”他拍着自己的脑门说，“有时候是一本书或杂志，总之是某种特殊的感觉或气氛。”

“我早上去工作室的时候，脑子里经常已经有了一个想法，以此为起点去查找其他参考和联系。我要找的东西经常在网上找不到，相反，像古代铁匠的工具或70年代汽车内饰这样的东西，在杂志和书上或者卖古董的人那儿经常有惊喜。我们一般从这些实物，而不是网上的图片开始。我们给这些东西拍照，然后把它们拆解成零部件，摊开摆在地板上，作为最初的图像或想法，再围绕它们完成整个设计。”

“平时在家，我喜欢用‘闲在’这个词形容自己的状态，不是整理家里的东西，就是上网搜索脑子里跳出来的新想法。”他打开橡木书桌的抽屉，蜡屑从里面掉出来。“我以前收集20世纪的家具，但是乔治亚风格的老家具比现代家具更有感觉。它的设计兼具简单和功能性，也很有层次感和细节。比如门上的黄铜镶边锁和旧钥匙，是我从斯毕塔菲尔德市场买来的，找人重铸了一下。我最近又迷上了斑岩和“伟大的旅程”（Grand Tour）的纪念品，比如这个罗马浴场的大理石模型。也许以后我会在工作室里装上19世纪的水龙头和浴室，因为那时候的工业制品太棒了。”

除了顾问的工作外，埃利奥特有时还帮朋友做室内设计。他正计划为工作室改成画廊搞一个开幕式，不过现在的橱窗还用灰色的百叶窗遮着，看不出端倪来。“画廊将作为创作过程的展示橱窗，楼下是一个工作空间，陈列古董、衣服、档案等，是我和我的团队展示给客户看的。但楼上的店面只陈列我们自己喜欢的东西，还会定期更新。”

乔治三世书桌和阿尔比尼书架上摆着很多书。马吉拉的专著旁是歪歪扭扭的细珊瑚礁，两幅本·尼科尔森的版画靠在墙上。我注意到吉尔伯特和乔治脸上的表情与青铜头像很搭。“那个头像应该是塞尼卡人（北美原住民部落），18世纪赫库兰尼姆罗马人胸像的复制品。是不是有点儿太挤了？嗯，有可能。但就算是东西太多有点儿失焦，那个粗麻布沙发也能把整个布局简单粗暴地平衡回来。这是一种精妙的平衡，利用庄重感和戏剧感之间的张力来调节。这么安排效果很好。”

“我有点儿喜欢约翰·索恩（John Soane）或霍勒斯·沃波尔（Horace Walpole）的奢华，但快乐来自束缚感，你得退一步，思考不同元素之间怎么协调。你得剪切、分层、重构，各种手段都用上。所以除了最近从胡塞佩·德·里贝拉（Jusepe de Ribera）的学校买的一幅画以外，我一般不收集视觉艺术作品。大多数情况下，房子里增加一幅画，就得调整整个房间的颜色或构图。这跟走进一个房间，觉得拱门宽度不对，或者墙板上的珠子厚了几毫米的逻辑是一回事。我并不是专家，只是一个非常视觉化的人。在这一行干的时间长了，不管是油漆的质地还是窗户的细节，你都能马上看出问题来。”

一切都为视觉效果服务，这就是埃利奥特与众不同的地方。同时，制作视觉图像的时候，通过编辑和剪切，逐步向外寻找与现实世界的连接，这种工作方式创造的成分大于加工的，代入时代感等于重新定义作品。而其中的诀窍在于保持对未知的探索，这对埃利奥特而言是一种生活方式。不管是18世纪青铜绿漆的店面还是足球球迷的巾带，不管是铁艺栏杆的形状还是翻领夹克，“我们把它们找来，让它们自然而然地融入生活场景，这都是同一创作过程的不同表现形式。”

elliottsmedley.com

vitsoe.com/606

seven
7
幸福的
地理意义
不丹
文字
Richard Aslan
摄影
Rich Stapleton

7

幸福的地理意义

不丹

天已经开始黑了。我坐在台灯的一簇灯光下，桌子上堆满了文件，旁边是一杯热气腾腾的茶。外面，稀薄的冷雨落到裸露的树枝上。我数着树枝后面院子对面的窗户，有一扇窗里发出温暖的橙色灯光，还能看见一个低着头的人的轮廓。那是另一个还在工作的人。我的手指停在键盘上，我要为读者写一篇关于幸福的文章。但是我很犹豫。

幸福在哪里？在周身流淌着的血液里？在皮肤下厚厚的保护层中？还是在包裹脊神经的髓核里？在头脑中记忆的剪贴板上能找到幸福吗？如果它果真潜伏在那些过去的画面和感情背后，我又怎么能确定它是真实存在的？抑或，幸福藏在世界的某个地方，等待着我们去发现？有没有这样一个地方，在我们凌乱、挣扎的心灵上留下印记，让我们甘之如饴？

> 不丹，传说中的龙之国，位于喜马拉雅山脉的东段南坡。在这里，南亚次大陆所在的印度洋板块与亚欧板块南端不断相互碰撞挤压，地壳向上弯曲隆起。开满杜鹃花的山谷隐匿其中，宽阔疾驰的河流将石头打磨成光滑的绿松石色。松树林中耸立着堡垒的城墙。
>
> 我不会因为这纯净冰冷的河水或坚毅天空下漂亮的积雪，就被幸福感击倒。那隐约可见的山峦、散落山间的草甸和陡峭狭窄的隘口确实让我惊叹不已。但最后，我依然保持住了冷静，拒绝沉迷在诡异的幻想中，哪怕是一瞬间也不行。任何地方的人都一样有希望与恐惧、喜悦与悲伤、快乐与失望，我提醒自己，无论多么好的政治体制，都无法让我们永远快乐幸福。我不会与你谈论“香格里拉”，因为我知道它不存在。

但是不丹依旧是传说中的幸福之国，这让我不得不去一探究竟。在这群山之中生活了几千年，难道他们破解了幸福的密码？在黑洞洞的寺院中诵经，遵循传统、技术和教义生活，他们就能创造奇迹吗？

咕如（噜）仁波切——莲花生大士，据说化生于莲花。我凝视着他的画像，他不怒自威，面带微笑，气势磅礴；头戴五瓣莲花帽，眼睛圆睁，嘴唇微张，月白肤色，白中透红；右手持五股金刚杵，左手持颅器。在不丹，传说佛母益西措嘉（Yeshé Tsogyal），是智慧的化身，变身成有翼的老虎，把莲花生大士带到这里的山谷。莲花生大士在古杰拉康寺（Kurjey Lhakhang Temple）的洞墙上留下了印记。虎穴寺就建在他静修过的山洞旁边。

我沉默了。有比追求众生的幸福更伟大的目标吗？但是我自己的幸福呢？要是这两件事发生冲突怎么办？我能二选一吗？

我原以为这里到处是平和与静思，来了却发现满是色彩斑斓。人们唱歌跳舞，吃肉喝酒，还有香美的红米饭。人们穿着裙子在象征着土、水、火、风、空五元素的黄、白、红、绿、蓝色旗子中跳舞。衣服上绣着咧嘴笑的头骨，时刻提醒无常的存在。面具上装饰着野猪和老虎的獠牙和秃鹰的喙。我能否从这梦幻般的场景中领悟存在的真谛？我能保持镇定、完完整整地记住这一场景吗？我能将眼前这一切看作真实的世界，穿过斧头、匕首、鹿角，穿过有形世界看见真理吗？现实是自然的存在，是意识，是法……嗯，不管现实是什么，我可以肯定的是，它超出了我的想象。

这里有宽阔的山谷、苍茫的大地、几何状的稻田、迷雾笼罩的山脉和高耸入云的地平线，有数不清的石头、转经轮、空荡荡的街道和恢弘的建筑。我来这里是为了逃离，但它却不断地带我回到现实。

也许，幸福在一辆通往家乡的公交车里，而家里满是喜怒无常的亲戚朋友。我能在颠簸的公交车上找到幸福吗？或者，幸福在吃得饱饱的肚子里？在握过手的余温里？在爱的纠葛中，还是在忌妒的痛苦中？更或者，幸福躲在悲哀的影子里？在兴奋的拍打声中？在欢乐、失落和痛苦的闪念之间？我是不是应该一日三省吾身，看看是幸福、是臣服，还是只是大脑分泌的多巴胺？

我的手依旧停在键盘上。一瞬间，一个念头寂灭，另一个念头升起。脑海中浮现出影像，但我定睛一看，它们已经变成了别的东西；浮现出豁牙上的灿烂笑容、SUV汽车挡风玻璃上的泥浆，蓝天下一堆红辣椒堆满了毯子，皱巴巴的手指抓着布袋。我伸出手想抓住它们，却只抓住了黑暗，最后只能揉揉眼睛，摇摇头。

难道我走了这么远，只是为了发现自己早已经知道的东西吗？在幽暗广阔的森林中，我意识到自己不可能坐在虎背上飞向幸福，因为幸福已经存在，一直在那里。它就在闪烁的记忆、期望和恐惧里，在其他事情——复杂的、矛盾的、短暂的事情里存在着，在这一刻与下一刻之间的空寂中。我写道，幸福在各处显现。

传统上，转经轮是圆柱形的，用木头做原料，涂上鲜艳的色彩。转经轮表面刻有经文，里面的芯上也刻满了数不清的经文。

eight

8

轮 回
之 旅

安缦喀拉
酒店

文字
Rosa Park

摄影
Rich Stapleton

特别鸣谢
Scott Dunn

帕罗

我在高大的松树间行走，脚下是松软的大地。我低头，看见红棕色地毯般的针叶，森林仿佛在欢迎我。我沿着坚硬瘦削的树干往上看，树冠上的鸟儿正彼此呼唤着。吸一口山里的新鲜空气，从树林里走出来，就到了安缦喀拉帕罗（Amankora Paro）酒店。安缦喀拉在不丹一共有五个地址，散落在不丹的山谷和山丘中，依据不丹著名的环形朝圣之旅（也叫宗卡）取址。我走进房间，手指滑过木头、黑色的钢质墙板和弧形的水磨石浴缸，然后靠窗坐下来，凝视寂静树林上面漆黑的天空，倦意开始袭来。

后来，我到露台上吃晚餐，裹着两件毛衣、一件背心和一件最暖和的大衣。一堆篝火噼啪作响，投下长长的、忽隐忽现的阴影。褪色的灯光下，乔莫里山（Mount Jhomolhari）模糊的剪影笼罩着森林。我坐在毯子上，捧着热水杯看星星。这里没有人造灯光，星星比别的地方更多更亮。饭菜来了，盛在木碗里，有 ema datsi(新鲜奶酪炖辣椒配红米饭)、炒蘑菇、咖喱和饺子，在寒冷中冒着热气，让人心生温暖。

第二天早上，我在黑暗中醒来，准备穿过森林和山谷，长途跋涉去帕罗塔桑－悬崖峭壁上的虎穴寺。太阳和我们一起爬上山坡，地衣长长的卷须缠在树上，泛出橘红色的光。小路两边是蕨类植物，灰尘柔化了它们的颜色。空气中只有经幡舞动和靴子落地的声音。我们爬得比树高了，有条小路直达悬崖。悬崖上的寺庙看起来根本站不住脚，我的肺在稀薄的高原空气中努力工作着。阳光透过山顶的缝隙，反射在寺庙的瓦片上，是我们继续爬升的唯一动力。

安缦喀拉，普那卡

不丹前首都，位于该国的最低海拔地带，属于亚热带气候，终年温暖。我穿过悬在墨楚河上狭窄的吊桥，桥上的经幡在风中呼呼作响。普那卡的安缦喀拉酒店外形是不丹传统农舍的样子，坐落在水稻梯田、果园和一品红树林中间。晚餐在河边，可以欣赏田野风光。普那卡宗，此地最具标志性的建筑，步行即可轻松抵达。

安缦喀拉，廷布

俯瞰不丹首都，堡垒风格的外观散发着富丽堂皇的典雅气息。粉刷过的墙壁高大威严，高高的天花板和木板墙为温暖的室内增色不少。离城市很近，却又依山傍水，这里有最漂亮的廷布和不丹乡村风光。

安缦喀拉，刚迪

坐落在开阔的山谷上，可俯瞰繁茂的树林，眼前是面积广阔的野生动植物保护区，还有一座寺庙。冬季，这里是青藏高原来的约300只黑颈鹤的栖息地。由小木屋改造的私人包间里，墙上“烛”光粼粼，中间摆着火炉。我泡着不丹热石浴，河里的石头用火加热，水里面含有天然矿物质和香蒿。

aman.com

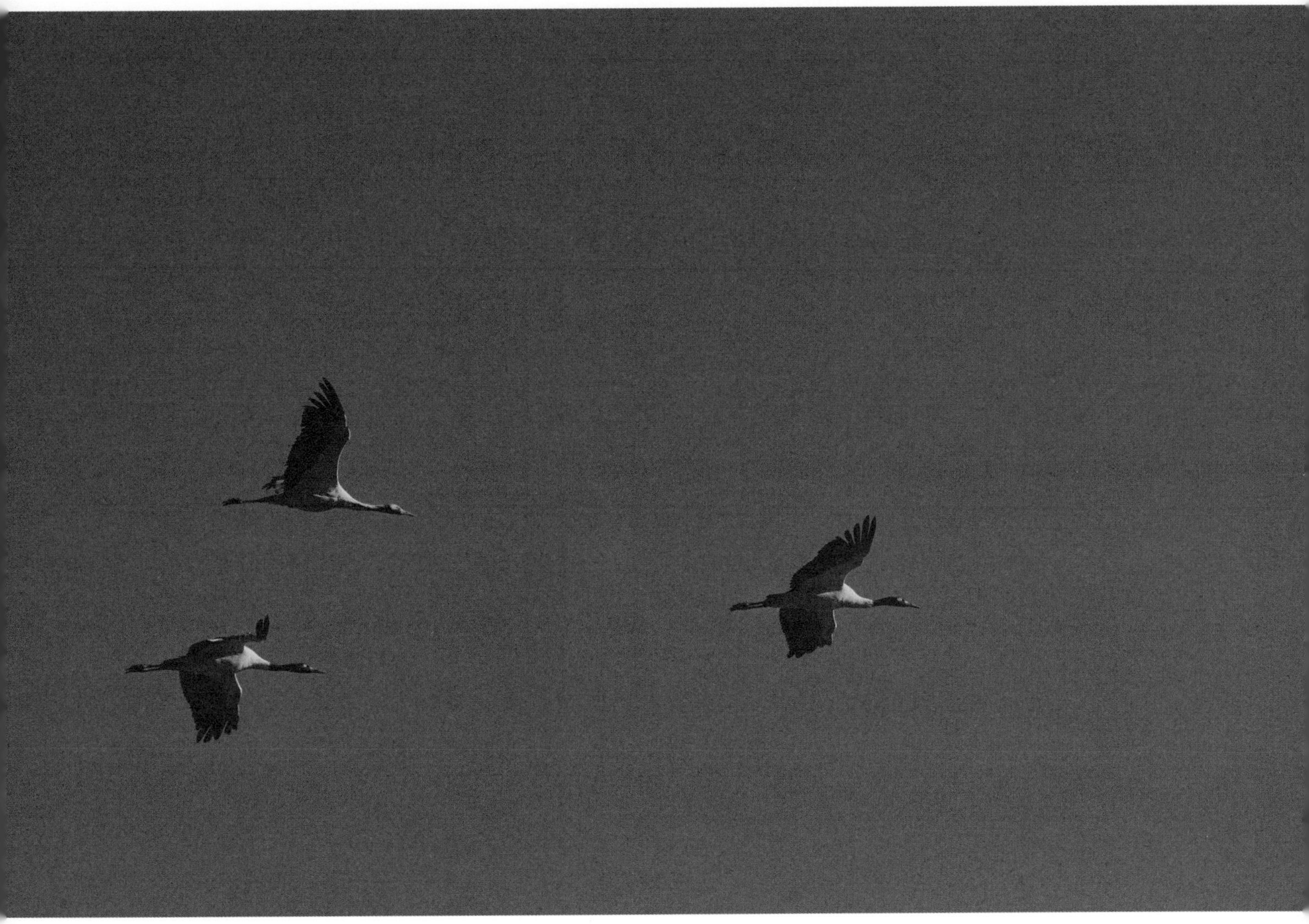

综合信息

不丹王国是一个山地小国，藏在喜马拉雅山脉东段南坡的森林里，毗邻庞大的印度和中国。总人口约80万，官方语言为不丹语“宗卡”。宗卡的字面意思是“要塞”，在王国的每个历史行政区里，传统的行政中心都是这种雄伟的建筑。不丹的国教是藏传佛教（噶举派）。2008年以来，不丹是议会制君主立宪制国家。国王和王后非常受人爱戴，他们的画像在全国各地随处可见。

到达

不丹很难到达。陆路有三个口岸入境，乘飞机则需抵达唯一的国际机场帕罗机场。直飞的航班不多，游客可经印度、孟加拉国或泰国中转。帕罗机场被海拔5500米的高峰环抱，跑道很短，需要手动导航，只有少数飞行员有资格降落。

游客必须参加经过认证的旅游团，每日最低消费不少于200~250美元。费用包括住宿、交通、餐饮和门票，必须有个人向导和司机陪同。签证必须提前申请，抵达时签发。因此，不丹每年接待的游客相对较少，2017年共接待71417名国际游客，相当于同年伦敦大英博物馆四天的访客量。

环境

不丹位于世界五分之一人口的主要水源地，壮丽原始的自然环境受法律严格保护，禁止狩猎、捕鱼和使用塑料袋。根据宪法，国家森林覆盖率必须高于60%。最新调查显示，目前的森林覆盖率为71%，远远高于法律要求的底线。2016年，为庆祝王子的满月诞辰，志愿者种了108000棵树。不丹是世界上唯一碳离子消耗为负的国家，吸收的二氧化碳是消耗的3倍。这归功于它广阔的森林、稀少的人口，以及限制工业等经济增长的策略。

从1994年开始，政府禁止攀登6000米以上所有山峰，并于2003年将禁令扩展至全国各地所有山峰。这项立法在某种程度上是出于对不丹人信仰的尊重。不丹人认为众神居住在山中，不应受到干扰，他们希望山保持原始的面貌。与此相反，临近的尼泊尔最近几十年来到处都是登山者。因此，不丹拥有许多处女峰，包括世界上最高的未登峰——7570米的冈卡·普恩苏姆峰（Gangkhar Puensum）。

习俗

根据不丹的着装和行为法规，所有不丹公民在上班和正式场合都要穿传统服装。男性穿“帼”(Gho)，一种白色宽袖口的羊毛连身及膝短袍，下着及膝黑色长袜和黑鞋。女性的彩绘裙子叫“旗拉”（kira），上衣叫“元州”（wonju），被压在裙子里面。

不丹的国菜是ema datsi，用浓郁的新鲜奶酪炖辣椒配红米饭。奶酪由牛或牦牛奶制成。家家户户房子外面晾着的除了衣服还有干辣椒。

这里没有交通信号灯或广告牌，直到1999年才有了第一台电视，它被安装在廷布国家广场上，最早放映的是前一年世界杯法国与巴西的决赛。现在，互联网用户逐年增多，越来越多的人使用上智能手机，3G和4G网络也不断发展。2016年，36.9%的人可以在家中上网，而10年前这一比例只有4.5%。

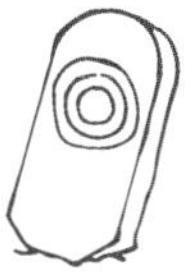

射箭

射箭是不丹的民族运动，孩子从会走路开始学射箭。国际风格的射箭在这里也很受欢迎，但传统的不丹射箭运动仍占主流，二者有许多区别。首先，不丹的射箭是一项团队运动，每队11人，靶子在140米外，非常小。每命中目标一次，大家就载歌载舞来庆祝。比赛非常热闹，人们大声给队友喝彩，还要大声嘲讽对手，喝很多酒。每轮比赛结束，弓箭手都要喝传统的阿拉酒（Ara）放松一下，按他们的说法，喝完酒更有准头。不丹的弓是竹子做的，不同于英国传统的紫杉长弓和现代的复合碳纤维弓。

不丹可能是地球上唯一的孟加拉虎和雪豹共享同一领土的地方。

生殖崇拜

不丹到处都有男性生殖器的绘画或雕刻，比如，房子外墙上或门旁涂着的男性生殖器绘画，屋顶上用绳子挂着的男性生殖器木雕。它们被视为驱凶避邪的吉祥象征，细节精美，有的画着眼睛，有的上面还画着龙。据传不丹的生殖崇拜与16世纪噶举派支系竹巴噶举的竹巴衮勒（Drukpa Kunley）有关。他常常以疯癫的形象警醒、教诲信徒，弘扬佛法。在不丹历史上，他被视为强大生殖力的象征。据说正是竹巴衮勒本人在普那卡附近的切米拉康寺开始画各种男性生殖器。

国民幸福指数

1972年，不丹的第四任国王、现任国王的父亲宣布：“幸福指数比国民生产总值更重要。”从此幸福指数成为国策，并被载入2008年宪法。每五年会随机选8000个家庭填写调查，每份问卷平均需要三个小时完成。为此每个人会获得一天的工资补偿。问卷里的问题因人而异，从“你多久和邻居吵一次架？”到“你多久祈祷一次？”不一而足。

插画：Studio Faculty

散文

生命历程

量子之舞

文字
Richard Aslan

之所以所有事情不会同时发生，是因为有时间。
——约翰·阿奇博尔德·惠勒

将你的手放在我的手心，手臂抱住你的腰，手掌放在背上。你皮肤温暖，仰着头，脊柱挺直。我们心跳加快，靠近彼此，舞到台中央。

慢，慢，快，快，慢。左，右，左，右，双脚并拢。

我看着你的眼睛，里面充满了回忆，有好日子和坏日子，有甜蜜、疲倦和惊奇。你是我的，我是你的。我了解你，我爱你，永不停止。我永远不会离开你，我们舞过空荡荡的空间，舞过无声的虚空，一直舞到燃烧着的星辰上。

我们缠绕着，你和我。从我的唇第一次碰到你的唇，我们就合二为一，没有任何力量可以分开。我听到你的心在我的心上跳动，我知道，任何距离、再遥远的距离也不能将我们分开。从第一个吻开始，我们就无法回头，缠绕在一起。我们有心灵感应，任何发生在我身上的事，也同时发生在你身上，不管我们在宇宙的哪个地方。我们之间的感应是同步的，它跨过宇宙，比光速还要快。

我们回头，追溯来路，却只找到一片虚无。舞蹈只会带我们向前走，不会停歇，不会重蹈覆辙。我们被时间之箭刺穿，向前，从过去走向未来，永无止境。

每前进一步，我们就把它抛诸脑后。写过的每个词、讲过的每个故事都转瞬即逝。此时此刻，只有舞蹈。脚后跟，脚尖，脚后跟，脚尖，不停旋转。一步接一步，看似相同，却全然不同。新鲜空气在唇间、嘴边、肺中流动。每次将手放在你背上、腰后，都像是第一次触碰你的肌肤。

我们向前，一步接着一步。这是原因、行动和结果，我们不停顿，不能停，只能旋转得更快。你的胸微微隆起，我紧紧搂住你，想不起认识你之前曾经活过，无法想象没有你我的世界会怎样。

没有人看我们。我们双手合十，闭上眼睛跳着。我们感受着每次转身和弯腰，四肢的弯曲和扭转。血冲进血管，它们是分子、原子、光子。我抱着你，你一会儿无限大，一会儿无限小。你是波浪，无处不在，你是我能想到的所有东西。你存在，又不存在。你扩散，还蒸馏，一次穿过两道门，跌落到我怀中，我们重新合二为一。

我睁开眼睛。一道光闪过，所有的可能性一瞬间崩溃，变成瞬间具体的信仰。一个图形浮现，留住转瞬即逝的寂静。你不再是波浪，你是一个点，我也是一个点。然后，我合上眼皮，琥珀色的黑暗再次降临。我们开始流动，我在这里、那里，你在那里、这里。

我们的手伸向天空，脚印留在大地上，这狂野的舞蹈始终遵循一个原则：我朝一个方向旋转时，你将朝另一个方向旋转。从我们第一次亲吻就是这样，我知道，以后也永远会这样。我们从不互相耳语，从来没有计划。在黑暗中，我只是旋转，什么都看不见。每次睁开眼睛，我都在向左旋转，而你在向右旋转。不管离得多近，我们之间都没有空气。我们十指紧扣，呼吸交织在一起。就算我转身离开，跳到遥远寒冷的世界尽头，跳到宇宙最古老的恒星之间，你也一直在那里。你朝左旋转，我就会朝右旋转。

我们跳入未知的海域、星云、脉冲星和星系之间。我们身体模糊，舞成一体，每一步都合二为一。如果剩下我一个，我就什么都不是。我是相对的，我在这里只是因为你在那里。没有什么是绝对的，甚至时间。如果仔细看时间，它就会变成一条弧线，我们跳得越快，它就弯曲得越厉害。时间和速率在我们的舞蹈中被定格。

我飞速离你远去，回头，看到我们之间越来越宽的鸿沟。你双手优雅地在空中划圈，我跳得越快，你周围的时间就转得越慢。我越来越快，接近光速。再回头，你被定格在我离开的那一刻，一只手高高地举过头顶，双唇微张，头后仰，双眼紧闭。

你在想什么？我回望你，瞥见你的过去。我转身拼命向你飞去，想回到你身边。但我们还是走散了。我的视线穿越过去未来，你的现在成为我的过去。我低头看着我们的脚，大地也不再真实。时空，一个生生不息的物质，它献出自己，在我们每一步的重量下逐渐弯曲。

在我们周围的天空中，还有其他舞者，数不清的舞者，形状大小各异。尘埃和斑点，火苗和火焰，碎石、岩石和山脉都离开它们的羁绊舞动着。巨大的冰雪星球，温柔的月亮，梦幻般的、充满火焰和蒸汽、笼罩在毒云中的行星都在舞动着。庞大的气体星球有彩色带状云缠绕，在明亮炽热的恒星面前相形见绌。宇宙在颤抖和变形，荡漾着巨大的波浪，波峰越高，随之而来的波谷就越深。

我们跳得越来越快，直到跌倒。我们离得越近，跌倒得越快。我放开你的手，跌落到燃烧着的地平线上。我变得越来越重，时间越来越慢。短暂的几个片刻后，我挣脱了，飞回了你的怀抱。而你已经独自跳了许多年。

还有更大的危险。一旦光线太亮，旋涡就不见了。如此密集的黑暗和扭曲，甚至能刺破时间。时间被穿越、被消耗，什么都逃不出来。这不是能量或物质，甚至不是光。这是绝对的诱惑，别跟着我，很快我就再也回不来了。

现在，睁开眼睛，你会看到我，在坠落前永远定格的一瞬。但我们是缠绕在一起的，我们的舞蹈自成一派。我向左，你向右。我在所有存在的边缘跳舞，却依然明白，我怎么样，你也会怎么样。这些都发生在一瞬间，比光速还快的瞬间。

nine

9

直觉型
建筑

参观丹妮尔·西格鲁德

哥本哈根的家

文字

Monica Grue Steffensen

摄影

Anders Schonnemann

我沿着运河走，周围是成群的学生，纷纷往丹麦皇家美术学院方向走。哥本哈根霍尔门街区四面环水，曾经是皇家海军基地和码头，从前的造船厂如今已是公寓和联排别墅。挪威建筑师丹妮尔·西格鲁德（Danielle Siggerud）的家就在这海军房子改造的建筑中间。房子最早建于17世纪，正对着运河对面的歌剧院。

进了屋我立即被她温暖而温柔的嗓音吸引。而她对材料和家具的选择也跟她的性格相得益彰。内饰简约、私密，有种触手可及的优雅，配上卡拉拉大理石台面、丹麦松老梁木、摆放讲究的艺术品、老古董和精致的家具，随处彰显着对建筑原貌的尊重和敏感。而精妙的细节又吸引着我不知不觉中在楼上楼下徘徊徜徉。

您在做住宅设计时，大概的过程是什么样的？

丹妮尔：建设一个家需要时间。我作为建筑师所能做的只有设计框架的部分。家是非常个人化的地方，最后起决定作用的还是住在里面的人。我的工作，也就是框架的部分，包括三个清晰的步骤。第一步，我称之为“人”，就是要设身处地地了解客户，他是谁，他的生活是什么样的。以他的需求和个性为中心，了解他的日常生活，这部分是绝对必要的。下一步是“房子”，就好比考古现场调查。我会考察建筑地点的历史和文化背景。最后一步是“皮肤”，在选择材料时要精确而感性，找到能让建筑表达出诗意的材料。

您和您的先生是如何打造自己的家的？

丹妮尔：我们翻修这房子之前已经在里面住了一段时间，因此对房子和我们自己的需求都很了解。那时候我们只一起生活了一年，这多少算一个不确定因素，但我们都确定会一起拥有一个长久的未来。有些事情必须有前瞻性，比如有了孩子怎么办，将来是留在城市里还是像很多朋友一样搬到北方去，还要在我的极简主义和实用主义之间找到平衡。但也有些想法很清楚，比如我们俩都爱社交，需要一个大而开放的厨房，用来组织朋友聚会。

像这样的住宅修复设计，需要考虑的最重要因素是什么？

丹妮尔：忠于建筑的原貌是我最大的责任。我必须尊重它，和它共进退，而不是跟它对抗。始终牢记，我是为整体环境而服务的，要有谦逊的态度。建筑应该经得住时间的考验，和住在里面的人一起改变，一起成长。我把工作看成继承建筑的柔和、诗意，同时改善生活质量的方式。我只是重新整理和照顾这些房子，努力了解住在里面的人与建筑的关系。

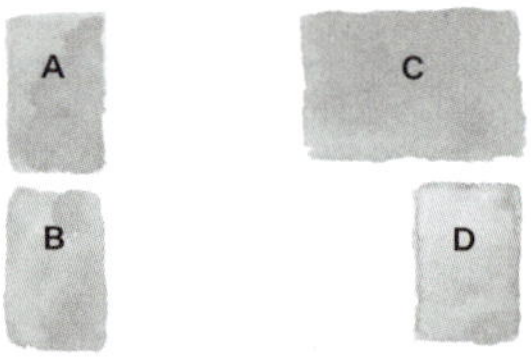

A. 厨房

厨房台面用的是卡拉拉大理石，是丹妮尔亲自去采石场挑的。“建筑材料要具有诗意的品质。”她说。

B. 艺术品

贡希尔 · 阿伯格（ Gunhild Aaberg ）的雕塑。房间里的每样家具、物品和艺术品都在通过自身的材料和历史讲述故事。

C. 休息室

野口勇设计的桌子上方横着丹麦松老梁木，边上是两把法国红藤椅。

D. 相框

亚当 · 杰普森（ Adam Jeppesen ）的版画上方是毕加索的素描，其余为私人照片。

挪威建筑师丹妮尔·西格鲁德毕业于丹麦皇家美术学院，于2016年开始执业，目前在伦敦与约翰·波森（John Pawson）一起工作。

“我把工作看成继承建筑的柔和、诗意，同时改善生活质量。我只是重新整理和照顾这些房子，努力了解住在里面的人与建筑的关系。”

是什么让您的家实现个性化？

丹妮尔：房子里的家具、物品和艺术品都是断断续续从不同地方收集的，但收集的目的不是赶潮流或追大牌。每一样东西背后都有故事，不管是材料、文化背景，还是我们自己的过去。包括我们在一起生活的四年中的收藏，祖传下来的、以前房子里带过来的，还有在跳蚤市场和拍卖行买的。新添置的除了房子，只有马蒂纳书桌，那是我们婚礼当天的早晨亲友送给我丈夫的礼物。这个书桌是榆木的，由两部分组成，必须要相互扶持才能站得稳。

您是如何设计自己的工作空间的？

丹妮尔：我们的办公室很简单，没什么家具，重点是好用、方便、有创意。我做了一张长桌子，我们俩可以一起用。我们能方便地对话与互动，这非常重要。

您的风格与传统建筑师的有何不同？

丹妮尔：很多建筑师的思维方式比较以自我为中心，要么对所谓正确的生活方式有自己的解释，要么就是想与众不同，让全世界都认可他们是艺术家。我作为建筑师的最大责任在于倾听，只有这样才能理解客户和他们的日常生活，明白他们的需求。

daniellesiggerud.com

WWW.ERIK-JOERGENSEN.COM

桌 饰

家居用品的
摆放

摄影
Irina Boersma

造型
Pernilla Löfberg

← 陶瓷花瓶 Cooee
盘子 Aida

→ 上图
盘子 Broste
叉子 House Doctor

中图
白色和粉红色盘子 Iittala × Issey Miyake
杯子 Nancy Kwon
灰色花瓶 Fritz Hansen

下图
玻璃器皿 Nason Moretti from William&Son
陶瓷瓶 Hasami Porcelain from Yonobi Copenhagen

右图
玻璃瓶和玻璃杯 Ferm Living

eleven

11

贺

戒指对
当代情感关系的意义

文字
Justin H. Min

摄影
Justin Chung

我依然记得八年级那年，有一天我拿起座机，拨出那个熟记于心的电话号码，然后焦虑地坐在床边，一遍遍在心里演练着怎么邀请凯特参加学校的舞会。结果她爸爸接起电话，劈头就问我是谁，到底想干吗。打那以后我好像没再怎么给她打过电话。很多年过去了，发生了很多事，直到今天，我仍然对感情这件事很迷茫。我只能说，唯一不变的是变化本身。每次我好不容易觉得有点儿明白了，这世界对感情的定义就又重新调整了一些。情感关系的定义似乎成了一个永无止境的进化过程。

首饰品牌“贺”（Ceremony）的联合创始人杰西·汉娜·雷韦斯（Jess Hannah Révész）和切尔西·尼科尔森（Chelsea Nicholson）的关系包容而灵活，正如她们设计的首饰一样。在洛杉机市区新开的陈列室里，午后的阳光正好，我们一边喝着茶，一边谈论爱情、关系，当然，还有戒指。

你们是如何开始合作的？

切尔西：我当时在一家珠宝公司工作，正想辞职，自己做订婚戒指。杰西一直是我最喜欢的设计师之一，我就主动联系她，出来喝杯咖啡，聊聊创业的事。

你们第一次会面都谈了些什么？

杰西：我们都认为这个行业的用户很独特，她们是穿新娘礼服的女孩子。但我们俩和周围的朋友都不喜欢那种正式的感觉。然后切尔西提议调整一下定位，让我们的产品更具包容性，我马上就觉得这是个好主意。

切尔西：大型珠宝公司的广告总感觉过于完美和做作。真正的恋爱关系不是这样的，是经过多年的磨合、试错，终成正果的。我们同样希望我们的戒指很浪漫，但要以一种真实的方式表达。

杰西：我们觉得这想法非常棒，不仅仅是在商业层面。一件东西的象征意义对我来说很重要，在很大程度上我做的所有事情都是因为它的象征意义。我家里的很多东西都是祖父母传给爸爸，爸爸又传给我，有很重要的情感价值。我对珠宝的兴趣也是从祖母传给我首饰以后开始的。所以，尽管钻石背后有剥削和不公平交易，我仍然认为它是值得拥有的。

你们俩都订婚了。戒指对你们意味着什么？

切尔西：我没想到会有订婚戒指！我们已经断断续续异地恋了八年，他突然就求婚了，对我来说是个惊喜，虽然已经在一起这么长时间，似乎不应该觉得惊讶才对。我们的关系很独特，得到这枚订婚戒指也是件很特别的事。它绝对是一个重要的里程碑。我们还没开始计划婚礼，所以我也不知道订婚状态会持续多久。看到这枚戒指的时候我心里想，我们在一起经历了这么多，但仍然以某种方式爱着彼此。“订婚”这个词压根儿没有出现在我脑海里。

杰西：我们俩不想叫它订婚或结婚戒指，因为不是每个人都想在结婚的时候戴上一枚戒指。我和切尔西一样，还没结婚，但已经订婚两年了，正在考虑婚礼，但戒指对我们并不是信物。

我们订婚的时候已经在一起快七年了，戒指感觉就像他给我的一个礼物。我也给了他一枚戒指，因为他喜欢珠宝和设计。戒指可以代表任何你想代表的东西。

切尔西：我们只负责设计有象征意义的东西，你可以为这枚戒指赋予它自己的意义。

庆祝自己和自己的关系是不是也很重要？

切尔西：我在牙医学院有个朋友，她发现所有的朋友都要在毕业前后结婚。她说："我可能没有用这八年为自己经营一段长久的关系，但是我花了八年的时间打好了事业和生活的基础。"她想用一样东西庆祝这个里程碑式的时刻，代表她所经历过的这一切，那就是戒指。就像她的朋友们用戒指来代表感情生活一样。

杰西：人们有时会说订婚或结婚的那天是一生中最重要的一天，但我认为这很傻。除了婚礼或订婚，生活中还有很多值得庆祝的时刻。我们想让我们的品牌能够代表这些时刻。

你们对现今人们对情感关系看法的改变有什么见解？

杰西：我认为看法已经发生了很大变化。社交媒体让人们对非传统的关系有了更多的了解，接受度越来越高，这非常好。

切尔西：不同类型的关系，如同性恋，开放型婚姻，不同宗教信仰的在一起，这些一直都存在，但现在我们见得多了，就更能够接受它们。我认为这是一个进步。

在创业的过程中，你们对情感关系有什么新的感悟？

杰西：我明白了大家都需要为好的关系做很多努力！

切尔西：我特别喜欢自由地问问题。以前，如果想问一对同性恋朋友谁先求婚，就会担心太不礼貌。但现在我知道了，他们自己都经常不知道谁先求婚！他们会向我们寻求建议。我特别喜欢这类对话，它让我知道大家都只是在一起学习。

散文

即兴

文字
Ollie Horne

作曲的时候，会有那么一瞬间，创作的过程就结束了，一首新曲子诞生，和声完美，旋律婉转。就像蝴蝶标本放进玻璃罩子里那一刻，可以开始灌唱片了，以便听众随时享受它。但是还有一种音乐，并没有这样的瞬间，它的创造和体验过程同时发生，统一在一个时刻。

我坐在大大的白色帐篷下发黄的草地上，明亮的午后阳光被挡在后面。我的面前，低矮的舞台上坐着沙巴卡·哈钦斯（Shabaka Hutchings），萨克斯靠在他脚边架子上。他停下来，思考着观众提出的问题，然后用伦敦和巴巴多斯混杂的口音微笑应答。回答完最后一个问题，他站起来说，接下来要即兴独奏一首。他摘下眼镜，拿起乐器，沉着地闭上眼睛，深吸一口气，开始了演奏。

音符倾泻而出，柔和而急速。没有停顿，像小雨淅淅沥沥，层层叠叠，时而上升，时而后退。他双颊鼓起，用鼻子呼吸，流畅持续的气流在身体和萨克斯之间循环。他前后晃动着身体，一段悠扬婉转的音符滑入空气，胳膊上的韧带在皮肤下鼓起，像绳索一样绷紧。萨克斯管咆哮着，在接近高潮时发出刺耳的声音。他几乎要开始颤抖，脖子鼓胀着，脸涨得通红，接着音调如旋涡般急速下降，滑回低音。

后来，哈钦斯说，即兴创作时，他不会有意识地思考。相反，要跟随长年累月发展出的直觉。有时候，意识完全抽离，甚至刚演奏完，马上就记不起来刚才的曲子了。也许神经学对大脑的研究可以解释其中的原因。即兴演奏时，前额叶皮层有两个部分发生了变化。负责意识监控的区域被关掉，而自我表达和与语言互动的区域更加兴奋。这样一来，思想便可以更自由地流动，不受羁绊。睡眠期间我们的大脑也会达到类似状态，梦境就是想法的即兴创作和组合，它存在于记忆的边缘，你越是想要回忆，它越是消失得无影无踪。

哈钦斯说循环式呼吸并不像人们想象的那么复杂，但除了它的物理力学原理，我还对其他的特征感兴趣。我们说创造力通常都会从受启发开始。陌生的风景，有趣的书，低垂的太阳下闪闪泛光的地衣，这些事都能让我们兴奋，产生创造的冲动。但是“inspire”（受启发）这个词也有“吸气”的含义。我们吸取灵感，就像吸进空气一样。

如果“启发”意味着创作冲动，那它的反义词“expire”（终止），应该指的是创造行为本身。在爵士乐中，即兴演奏也称为“吹一段”。如果是用萨克斯或号还说得过去，但贝斯手、吉他手和钢琴师也用这个词就有点儿奇怪了。那么为什么所有这些乐器都用“吹”来描述呢？也许正是因为人们以为在某种意义上，它是“吸气”（启发）的反面。他们在创造时，先是吸气，产生灵感，然后呼气，演奏出音乐。即兴演奏就像呼吸一样，亦步亦趋，顺其自然，随机应变。就像每次对话都独一无二，单词、词组和意象都是即时组合起来的。

我很多最快乐的时光是即兴创作时。就像去一个新城市旅行，跟着感觉走进一条街，发现一家餐厅，和一个新朋友聊天。即兴意味着只要开始，去尝试，不要想太多，听从直觉。它迫使我们安于当下，不必担心接下来会发生什么，享受变化和短暂的永恒。它让我们去寻找惊喜而不是避免意外。而且，跟生活本身一样，这是个完整的过程。

下午

烟茶蜡烛

by Espelma

摄影：Ash James 地点：Hay Bath

twelve

12

灰屋

找到设计的意义

文字
Lucy Brook

摄影
Jake Curtis

这个世界不会带给你意义，是你赋予了它意义。
——扎迪·史密斯

在2018年伦敦设计节上，非正式展览“灰屋”（The Grey House）吸引了来自20个国家和地区400多人的注意，每个人在展厅里停留的时间超过两个半小时。在这里，参观者不会只漫无目的地游荡，然后用智能手机拍点照了事。路易莎·格雷（Louisa Grey），灰屋设计工作室的首席设计师，明白这远远不够。他们将伦敦北部芬斯伯里公园一栋联排别墅改造成体验式住宅，演示好的设计如何融合美和功能于一体的同时，还展示了很多限量艺术品、陶瓷器具、装饰品以及本土和国际品牌的内饰。

“这个展览想要表达的是人与人之间的联系，让人们远离手机，回归生活的本真。”格雷说。她笑着，好像仍然不相信这个展览能这么成功。“我非常开心，没想到会有这么惊人的效果。”

灰屋的新址坐落在伦敦北部的拱门区，这个由锯木厂改造成的工作室兼陈列室同样让人惊艳不已。整个空间出奇地宁静，有质感的面料、天然材料和雕塑般的绿植共同营造出原始的美感。而格雷却反对为了美丽而美丽，她认为最重要的是营造出舒适而又令人愉悦的空间。所以她设计内饰的标准是由形式构造和谐，既能安抚心灵，又要充满活力。

格雷就读于切尔西艺术学院（Chelsea School of Art），在进入快速发展的室内设计领域前，她是一名拥有资质的纺织专家。她不喜欢在杂志上高调宣传自己，而倾心于发展直觉和个人审美。服装设计节奏太快，平均每个设计10天内就要完成，她最终对这样的工作失去了兴趣，转而开始注意到室内设计行业的问题。让居住者得到滋养的空间在哪里？为什么办公室的设计不能为员工带来灵感？为什么家不能成为让人喘息、沉思和平静的地方？

“我觉得室内设计中缺少一些深度，”她说，“一切都为了漂亮，但背后的原因是什么？这逻辑说不通。我希望灰屋设计的房子经得起时间的考验，不仅要使用高质量的原材料，还要考虑到人的使用和发展需求。”

她开始接小型住宅项目设计，弥补行业空缺的愿望逐渐发展为主营业务。18年来，灰屋逐渐以低调奢华的风格站稳了脚跟，擅长将各种感官体验融入家庭和工作环境。“在我们生活的世界，日常活动、上网、消费几乎耗尽了所有时间。”格雷说，

“我希望创造一个空间，帮人们放松充电。因此，家应该是恢复活力的避风港，而工作场所既要使人平静，又要令人愉悦。”

格雷的专业背景让她对纹理和材料非常有见地。她喜欢大理石、木材、蜡和其他石材，但最终的选择都取决于整体感。“我毕业以后没有进入纺织行业，因为不想整天对着纺织机工作。我喜欢和人一起工作。”她说，“我总是叫客户带点他们喜欢的图片来开会，这样有助于我了解他们如何使用空间。我想知道他们最看重什么，有什么喜好。我的视觉想象力非常好，我一走进房间，就能想象出将来的效果。”

“最适合改造的老房子是那些被丑地毯和绿墙纸遮住的房子。”她咯咯笑起来。“我会在脑子里把这些都扯下来，心想：嗯，那儿可以安一扇门。然后在房子里走过来走过去丈量尺寸，非常有现场感。这就像一株长满刺的玫瑰，要先把上面的刺都掰下来，才能有一株整齐漂亮的玫瑰。只有抽丝剥茧般一层层深入，才能到达最里面的平静和精华。”

格雷的灵感从旅行和建筑中来，还有她自己的艺术创作。两年来，她每周都去陶器工作坊。她做的陶器已经到了可收藏级别，但她坚持制陶只是享受过程。“生活中一定要有与工作完全无关的爱好，我需要一个没有压力的创作空间。”

在尝试办公室设计时，格雷将注意力从家居设计中转移出来，为打造更健康、更安静的工作空间而努力。新的灰屋工作室就是一个好的尝试，证明了令人舒服的空间对提高工作效率的重要性。“我们要的是一个安静到奢侈的地方，不是为了给谁看，而是为了里面的人有好的体验。”

houseofgrey.co.uk

oraziolucianonapoli.com

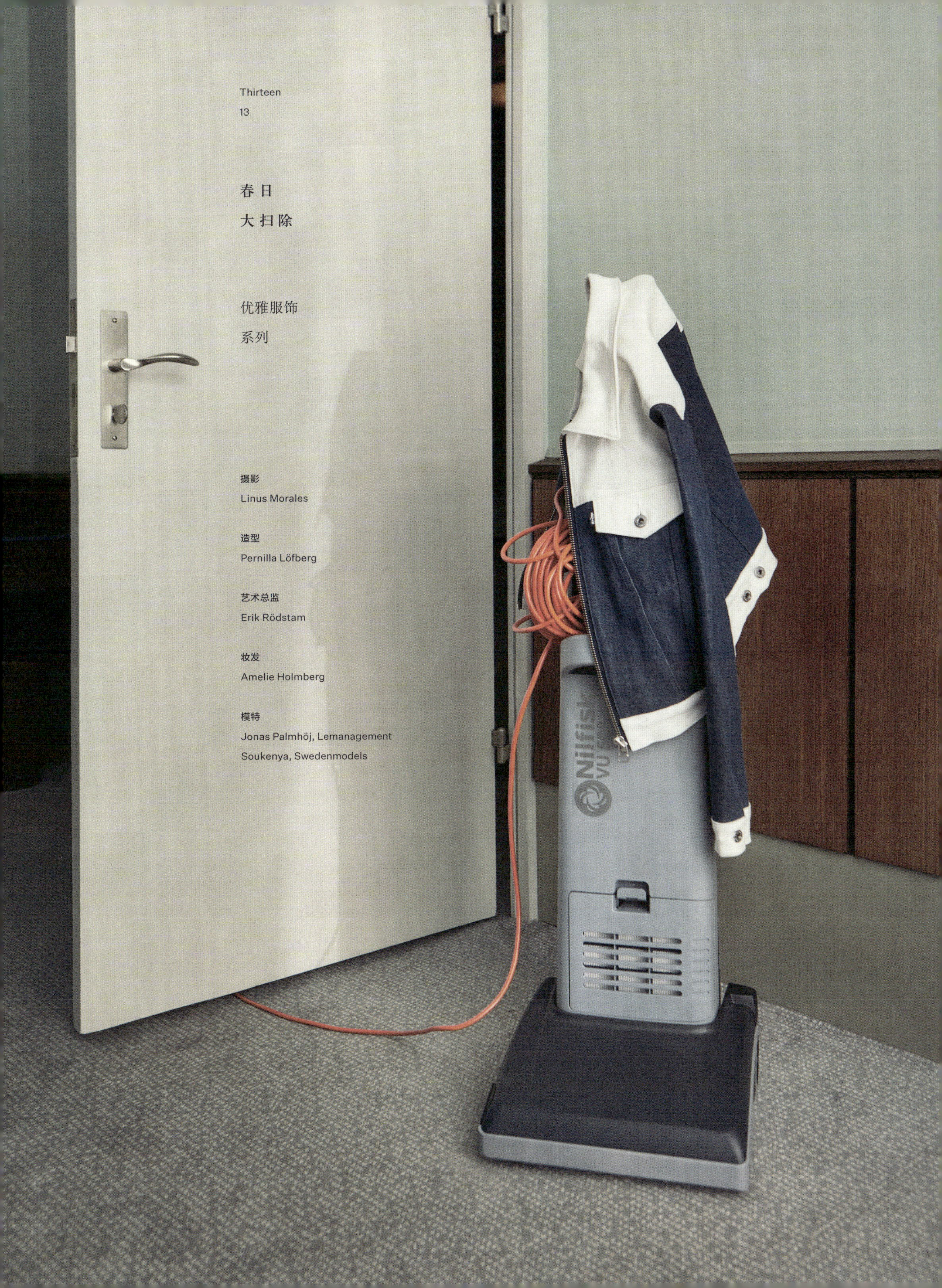

Thirteen

13

春日
大扫除

优雅服饰
系列

摄影

Linus Morales

造型

Pernilla Löfberg

艺术总监

Erik Rödstam

妆发

Amelie Holmberg

模特

Jonas Palmhöj, Lemanagement

Soukenya, Swedenmodels

←
夹克 Levi's Made and Crafted
吸尘器 Nilfisk Vu500

↓
靴子 Aeyde
熨斗 Fairnet Cristal Plus

↓ 上衣 & 裤子 Dunhill
拖鞋 Hermès
丝巾 Hermès

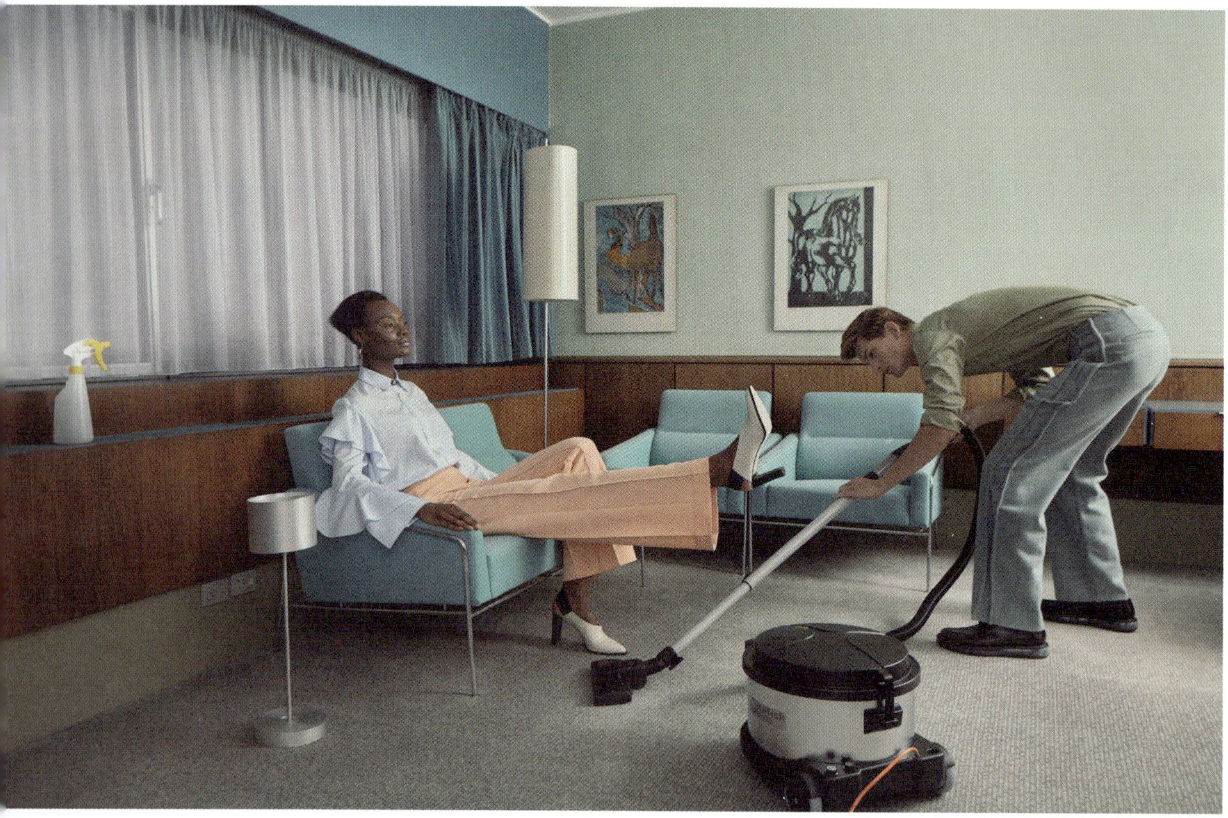

↑ Soukenya 的服装
衬衣 & 裤子 Ellery
鞋 Atp Atelier
耳环 Aeyde

Jonas 的服装
T 恤 Sunspel
衬衣 & 裤子 Acne Studios
鞋 Prada

家具 Arne Jacobsen, Series 3300
吸尘器 Nilfisk vp930

→ 包 Marni
空气清新剂 Trudon

↓ 丝巾 Hermès
西装外套 Joseph
戒指 Alighieri

→ 连衣裙和半裙 The Row
拖鞋 Atp Atelier
耳环 Alighieri
吸尘器 Nilfisk vu500

椅子 Arne Jacobsen, The Egg

→› 包 Byredo

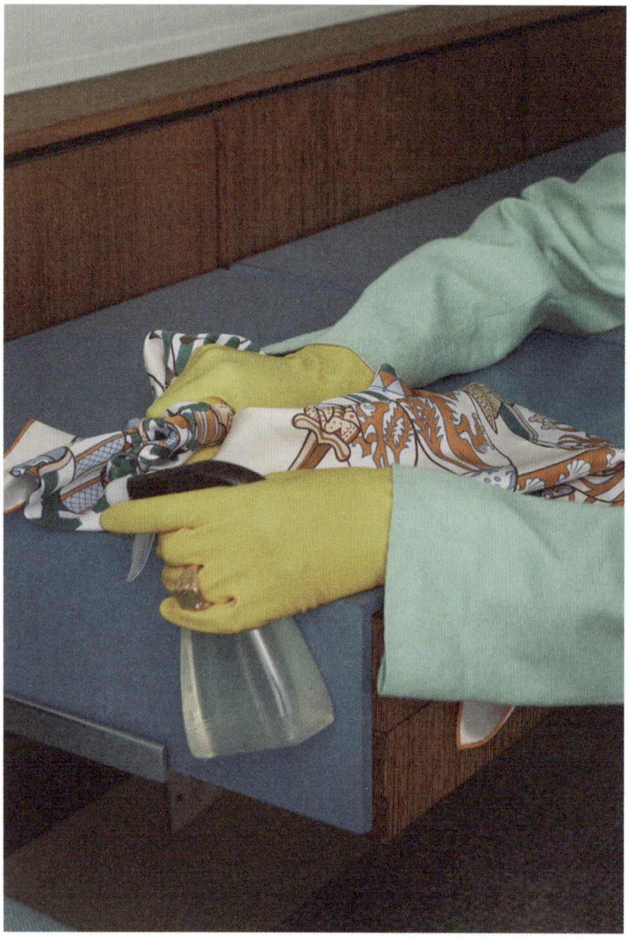

Nilfisk
VU 500

www.la-gent.com

fourteen

14

漫不经心之美

玛丽－路易丝·西奥的意大利风

文字

Laura Fowler

摄影

Cerruti Draime

妆发

Simone Belli Agency

14

漫不经心之美

玛丽－路易丝·西奥的

意大利风

玛丽－路易丝·西奥，佩里卡诺首席执行官兼创意总监，她童年的每个夏天都是在佩里卡诺和拉波斯塔维奇亚这两家酒店度过的。她说："我藏在夹竹桃树后面，看那些狂野热烈的派对，就像一个个美丽的泡沫。"

"我这辈子都在呼吸这儿的空气，这里有种魔力。"玛丽－路易丝·西奥（Marie-Louise Sciò）说道。这是高踞第勒尼安海上的佩里卡诺酒店（Pellicano Hotel），我们坐在散发着迷迭香味道的露台上。自20世纪60年代开业以来，托斯卡纳马雷玛海岸线上的这家奢华酒店就一直大放异彩。索菲亚·罗兰（Sophia Loren）、宾·克罗斯比（Bing Crosby）和亨利·方达（Henry Fonda）都曾在它的盐水泳池边上与欧洲王室成员把酒言欢。已故希腊船王亚里斯多德·奥纳西斯（Aristotle Onassis）曾在这里靠岸，著名演员约翰·韦恩（John Wayne）有一次还派他船上的水手上岸来此，买了10杯马提尼酒。

查理·卓别林在酒店院子里有一间专属小屋。一天晚上，看到自己18岁的女儿乔西很无聊，他招呼正好路过附近的年轻人："快，请她跳个舞！"那个年轻人——罗伯托·西奥，立刻一见钟情——不是与乔西·卓别林一见钟情，而是爱上了佩里卡诺。年轻的罗伯托只参加过热闹的派对，一点儿招待客人的经验都没有，但他还是毅然决然地买下了酒店。他漂亮的妻子玛丽－路易丝·米尔斯（Marie-Louise Mills）是著名摄影师斯利姆·阿朗斯（Slim Aaron）的模特，后者留下了很多酒店的贵客和派对的作品。他们的女儿玛丽－路易丝·西奥暑假从瑞士寄宿学校回到家中，目睹了这些闪亮奢华的时刻，她笑着回忆："我藏在夹竹桃树后面，看那些狂野热烈的派对，就像一个个美丽的泡沫。"

小玛丽－路易丝，现任佩里卡诺首席执行官兼创意总监。她童年的每个夏天都是在佩里卡诺和拉波斯塔维奇亚（La Posta Vecchia）这两家酒店度过的。这是意大利历史最悠久的两家奢华酒店。目前看来，她最终不可避免地要掌管这个家族企业，但经营酒店从来都不在她的人生计划里。从罗德岛设计学院建筑系毕业后，父亲要求她为几间浴室做设计，后来发展到整个酒店的更新换代。"我的方法是让每一堵墙自己说话，让历史呼应现实。要保护旧有的建筑，又要有所更新，前后连贯而不失灵魂。结果我越陷越深，参与到所有的细节里了。"

P

玛丽成功的关键可能不只是因为她非专业的背景，还因为她没有任何限制，不受传统的约束和规范。“罗德岛设计学院让我学会了质疑，酒店不仅仅是睡个好觉的地方，你还可以在这里有大量丰富的体验。上好的意大利巧克力，迷你吧里的果汁，图书馆里一直想读的书……是这些细节让人体会到爱，体会到心跳的感觉。”

玛丽从周围的一切中汲取灵感，包括自助书籍和播客，比如《这就是亚历克·鲍德温》和《我怎么盖房子》这样的节目，但最重要的灵感来自一起工作的人。“我们给每个人表达的空间，让他们带来各自的想法，”她谈到员工时说，“这不是等级关系，最好的想法往往来自不在你本行业的人，他们的观点更新鲜。”

合作是玛丽工作的重要内容。她曾与于尔根·泰勒（Juergen Teller）一起出版书籍，其中包括一本烹饪书《与两星米其林厨师安东尼奥·圭达在佩里卡诺用餐》，以及一本关于威尔·西尔夫（Will Self）的信息指南书。她还在酒店里策划了很多时尚发布会，有A.P.C.、J.J. Martin、Olympia Le-Tan和For Restless Sleepers.。“所有这些项目都是为了有趣，而且要自然而然地发生，不做商业计划，也不把挣钱放在第一位。我做的只是我觉得正确的事情。”

玛丽对一切人和事都感兴趣。她有一种吸引人的气场，善解人意，总是发出充满感染力的笑声。她不停地手舞足蹈，思维活跃。意大利语里有个词“sprezzatura”，是“举重若轻”的意思，玛丽和她的酒店就是这样的风格。“看起来轻而易举的事，背后通常隐藏着很多思考和训练。”她对于成功也有类似的看法：“一切都会顺其自然地发生，但不付出努力是不可能的，天上不会掉馅饼，最终还是取决于你是否有信念。我真的很勤奋，喜欢这份工作，这就

“我想在意大利各地创建五六家新酒店，而且它们要成为意大利未来最高级的酒店。客人们环游意大利一圈，都能住在这些有个性、有灵魂、有故事的酒店里。”

——玛丽–路易丝·西奥

是我的爱好。我每天早上4点醒，7点开始工作，晚上10点下班，心情总是很愉快。这才是工作的本质，喜欢的工作没有开始和结束。”

镜头之外的玛丽–路易丝穿运动鞋和羊绒衫，说好几种语言，会用各种设备，喝咖啡，吸烟。在她看来，酒店永远需要改进，而她永远在完善和更新。当然，还有很多更雄心勃勃的计划等着她去实施，头一个就是今年春天卡普里岛附近伊斯基亚岛的老式酒店改造计划。“我想在意大利各地创建五六家新酒店，而且它们要成为意大利未来最高级的酒店。客人们环游意大利一圈，都能住在这些有个性、有灵魂、有故事的酒店里。”实现这个计划最关键的是修复工作，“你知道吗，我喜欢旧时的辉煌。我坚持一样的原则：不要把个人的喜好强加上去，不要抹杀它的过去。你需要睁大眼睛，看见它已经存在的美好，将墙壁上、音乐里、设计上的精华重现。就好像讲一个故事，每个人都喜欢好故事。”

Fifteen
15

色彩
空间

在斯坦利 · 惠特尼
工作室

文字
Jenny Bahn

摄影
Matthew Johnson

73岁的抽象派画家斯坦利·惠特尼（Stanley Whitney）把手伸向浴室门，“你应该拿门来练习，因为它会摆动。”他正向我们演示如何跳舞，确切地说，如何跳爵士舞。他一只手放在把手上，移动着身体，脚、臀部和膝盖以几乎不易察觉的方式向相反方向运动。“你明白我的意思？”他问。只有门吱吱作响，看起来是个快乐的舞伴。

爵士舞这种即兴舞蹈因地制宜的空间感和独特的规矩节奏，与惠特尼闻名遐迩的作品风格异曲同工。在他的作品中，彩色方块排列在不规则的画布上，各种矩形挤挤挨挨，仿佛在争夺自己的位置。画布边缘粗糙，有时候，颜料甚至会流淌得到处都是，有一种不和谐的美。

惠特尼现在的风格是几十年来不断做减法的结果。在堪萨斯城艺术学院读完本科，又拿到耶鲁的艺术硕士学位后，他只知道自己不是风景画家，也不善于讲故事。他坦言：“我不知道到底该画什么，只知道不管画什么，我擅长的是运用色彩。”然而，他觉得自己并不属于色域画家。在他看来，色域绘画“在画工和空间感上都很薄弱”。1968年，他移居纽约，在那里喜欢上了罗伯特·劳森伯格（Robert Rauschenberg）和波普艺术。当然，那也不是他的方向。“有太多次，我不想画这个，也不想画那个。这不是我的风格，那也不是我的风格。那是一段艰难的时期，我在努力寻找自己的声音。”

20世纪80年代后期，惠特尼找到了自己的风格。那段时间，在四处自驾旅行的过程中，他心中的灵感开始被点燃。“我一直在思考空间问题，大地和天空的空间。我开始有画画的冲动，想在画布上涂满颜色。”但整个概念还未完全成形，还得继续揣摩。90年代初，他前往罗马，然后是埃及。在那趟旅途中受到建筑的启发，想法逐渐清晰。“我一直在想如果将颜色全都摆在一起，就留不下任何空间，但我没意识到其实颜色就是空间。想清楚了这一点，我的画就松散得多了，有的是缓冲的空间。”

“你应该拿门来练习，因为它会摆动。”

“有时候我能马上进入状态。只要一进来，自然而然就开始画。”

“我一直在想如果将颜色全都摆在一起，就留不下任何空间，但我没意识到其实颜色就是空间。想清楚了这一点，我的画就松散得多了，有的是缓冲的空间。”

惠特尼通常早上7点半起床，早餐很简单，有时候是麦片，有时候是沙拉。然后他开车去皇后区里奇伍德（Ridgewood）的工作室，从10点到下午2点是工作时间。有些日子画油画，有些日子画素描。画油画时，他会要求工作室的经理晚点儿来，这样他就可以一个人工作。“没人见过我画画的样子。”惠特尼说，“画画是件非常忘我的事，我都不知道自己到底怎么画的。”不过惠特尼承认，据他的妻子——艺术家玛丽娜·亚当斯（Marina Adams）说，他工作时很吵。“我只能告诉你，我会发出很多声音。”惠特尼说到这儿，爆发出一阵欢快的笑声。

每天工作的状态取决于进入的节奏，这个惠特尼自己控制不了。“有时候我能马上进入状态。只要一进来，自然而然就开始画。”有时候就不那么容易了，但他学会了不把这当作一个问题。“很早以前，我就意识到事情有高低起伏。可能有时候整天都没有感觉，什么都弄不出来。但其实那是很美好的日子，因为你正在努力，试图达到新的境界。那些‘失败’的、最挣扎的作品，有时是最好的作品，因为你已经竭尽全力，尝试了所有可能。”

素描是惠特尼艺术实践不可或缺的部分。它们画在纸上，更小，更松散，比最终的成品密度要小。工作室四处散落着彩色铅笔，等待着主人捡起来，在笔记本里描绘出草图和写出注解，像“该干活了”“记忆中的邻居”等。草图可以在有限的尺寸里找到空间比例，这样，惠特尼就可以更自信地在画布上落笔。

斯坦利·惠特尼对色彩的选择只能用“神秘”来形容。当问到他如何挑选颜色时，他只用了一个词“魔法”，然后补充说：“就好像打电话和接电话。一旦开始落笔，你就跟画布有了交流。就像开始穿衣服一样，你明白我的意思吗？这个颜色可以，那个颜色可以，就是一种感觉。”惠特尼认为不能在落笔前有任何的计划。“如果想‘嗯，我要一幅粉红色、白色、灰色和蓝色都有的画’就被束缚住了，其他的颜色就没有了机会。我需要脑袋里空无一物，没有任何想法，也不能有任何想法。”

惠特尼的工作室不是很亮堂，但很令人舒心。他画完的大型作品在地板上摞起来，等待装运；小型作品被并排挂在墙上，下面摆着惠特尼已经出版的书和素描。所见之处，都是方块。每个方块都如此眼熟，但却不会使下一个方块失去魅力，也不会让惠特尼的下一幅作品更容易。他告诉我：“我总是如履薄冰，创作永远是一个艰难的过程。而且我也不希望下一幅变得容易。这是一种带有冒险性的职业，让你不断地想要再来一次。”

“很早以前，我就意识到事情有高低起伏。可能有时候整天都没有感觉，什么都弄不出来。但其实那是很美好的日子，因为你正在努力，试图达到新的境界。那些‘失败’的、最挣扎的作品，有时是最好的作品，因为你已经竭尽全力，尝试了所有可能。”

——斯坦利 · 惠特尼

lissongallery.com

hermanmiller.com/cosm

Sixteen

16

旁白的
声音

在中国拍摄的

摄影作品

文字 & 摄影

Matthew Johnson

很久以前，我又回到起点，开始用美能达x-700胶卷相机拍照。这个机器我从来没听说过，也不是自己买的，而是别人送的。它在柜子里放了好多年，去意大利旅行前、收拾行李的时候我才发现。研究出怎么装胶卷、怎么开机以后，我就把它扔进了包里。到了意大利，我带着它在街道上，看见什么就拍什么。我都不知道曝光得对不对，而且计数器坏了，胶卷用完也没有提醒，我根本不知道拍下来没有。最后，在失败地上坏了好多胶卷之后，终于勉强会用了。我算是用失败换来了与这台相机勉强相处的待遇。

我去都灵的一家小照相馆冲照片，营业员的一脸坏笑让我记忆犹新。她问我是不是不小心曝光了一部分胶卷。我回答说，没有才怪。然后她递给我一个信封，我把里面冲好的相片拿出来，在柜台上摊开。里面是这礼拜一些混乱的记忆。冲出来的照片，帮我联想起前后没有冲出来的内容。而另外一些，则保留了自己完整的故事。曝光失败并没让我多难受，因为故事还在。

搬到纽约以后，我开始沉迷摄影。我主动跟很多著名摄影师交朋友，做他们的助理。他们都是一辈子学习摄影媒介、才华横溢的艺术家。然后我越来越清楚自己和专业摄影师之间的差距有多大。我开始努力弥补差距，买各种专业设备，学习别人擅长的各种拍摄技巧。但是，在这个行业钻得越深，我就越明白自己差得有多远。至少，我明白了自己到底几斤几两，我只是花了这么多年时间，想要创造出自以为其他人想看的影像而已。相册里无数精美的照片，跟我一点儿关系都没有。那些我所谓的作品，都是缺乏叙述者的图片，还不如这次在意大利曝光的乱七八糟的照片故事感强。虽然我确实学到了很多东西，然而我花最长时间领悟到的，不仅是摄影师作为旁白的声音的重要性，更是要有勇气相信这个声音是值得被倾听的。

这一系列35mm胶片作品，拍摄地点是中国。网上买的二手佳能EOS 3相机，让每张照片里都隐约有别人的痕迹。在纽约这样充满动能的地方，我不断被混乱中存在的宁静和永恒所吸引。而在其他地方旅行时经常找不到这种感觉，于是我给自己足够的时间独自四处瞎逛，期待遇见这样的时刻。爱观察和好奇心在创作中发挥了重要作用，让我逐渐找到了自己作为旁白者的声音。

诗

橄榄石

文字
Sheila Lam

变中的不变
彻底地改变了
存在的本质

一个顿悟
一次觉醒
可以实现
这无限的潜力

Seventeen

17

茂密的
丘陵

穿越
卢旺达雨林

文字

Ollie Horne

摄影

Jonathan Gregson

17

茂密的丘陵

穿越卢旺达雨林

林子里先是传出低沉的声音，然后声音逐渐升高，变成尖叫。我脑子里出现一个巨大的下巴、噘起来的嘴唇和尖利的牙齿。如假包换，这是黑猩猩的叫声。我和摄影师乔纳森交换了一下眼神，向导克里斯托夫走进林子里的小路，消失在灌木丛中。我们跟上他，从泥泞的斜坡上往下蹭，蹚过满地的树枝、锋利的荆棘、灌木丛和倒下的树干。克里斯托夫用手示意我们停下来，就在前面的灌木丛里，我看到两只歪着身子的黑猩猩。我向前迈了一步，它们开始沿斜坡下降，黑色皮毛消失在灌木丛中。

我们跟着它们的叫声和树枝断裂的声音，跋涉穿过森林。开始，它们在我们前面，但后来，不知怎么的，它们的声音从后面传了过来。克里斯托夫的追踪器偶尔发出哔哔叭叭的声响。他性格和善，举止安静，与身上的迷彩服一点儿都不搭配。“追踪器在林子深处发现了另一只黑猩猩。”他低声说，带领我们走上一条小路，小心翼翼地绕开地面上大批的红火蚁。我抬头，前面的路是段陡坡。我们沿着狭窄泥泞的小路，找到两个迷彩色的追踪器，它们俯瞰着森林，指向前方。

头顶上的枯枝和坚果窸窸窣窣地往下掉，我向上看，高高的树冠上有个黑猩猩的剪影。我举起望远镜，它正小心翼翼地爬上一棵桃花心木的树干，试图够远处一根枝条，脆弱的枝条被它的体重压弯。一群青长尾猴在树冠间跳来跳去，张开的身体好像降落伞一般。有翅膀扇动的声音，好像哨声，我仰起脖子寻找，没找到想象中的笨鸽子，而是看到了长长的白色尾羽。“那些是犀鸟，”克里斯托夫说，“它们经常和黑猩猩一起被发现。”他把重音放在最后一个单词的第二个音节上，“因为它们吃一样的食物。”有一个跟踪器在前面急迫地召唤我们，另一只黑猩猩出现在视野中。乔纳森拿起相机，快门发出咔嗒咔嗒的声音。一只犀鸟发出嘶哑的叫声，展翅飞向天空。

我们看着一只黑猩猩慵懒地在一根树枝上躺下，另外几团黑乎乎的影子在树上移动。向导放松下来，微笑着，我们耐心地等待相机捕捉这些安静的动物在森林中小憩的画面。这个地区一共有45只黑猩猩，它们是一个群体，白天分成很多小组分别觅食，到黄昏再次集结。我很好奇它们每天的搜索行动能覆盖多远的距离。

纽格威森林（Nyungwe Forest），名字来源于卢旺达语中“密集的地方”一词，是保存最久、最完好的东非雨林，紧贴上个冰期留下来的卢旺达西南山脉。它属于东非大裂谷的西部分支，阿尔伯丁大裂谷的一部分，从北到南纵贯1500公里，穿越乌干达、刚果、卢旺达、布隆迪和坦桑尼亚，有湖泊、河流和熔岩流覆盖。裂谷两侧都是白雪皑皑的山脉，火山、板岩风化形成的灰色土壤上是潮湿的热带雨林。

这种土壤富含火山矿物质，让纽格威森林中生活着超出人们想象的多种物种，包括13种灵长类动物、85种其他哺乳类动物、275种鸟类，以及1000多种植物。很多植物长期以来是当地人的草药。我离开等机会拍摄的乔纳森回到小路上，看到路边有秋海棠，当地人常将它们当作药材或茶叶使用。

犀鸟

犀鸟和黑猩猩吃一样的果子，因此经常和黑猩猩在一起。它们弯曲的喙和头顶上像头盔一样的冠很容易辨认，还有那标志性的叫声。

森林象

森林象曾经被认为是非洲草原象的亚种，而现在这种体型较小的非洲森林象被视为一个单独的物种。它们比大型非洲象更黑，甚至比印度象还小，直直的象牙很容易辨认。森林象的繁殖速度比其他种类大象的慢，这意味着它们的数量很难赶上被偷猎的损失。目前全球大概只剩下十万只非洲森林象。

卢旺达人把卡拉帕树的种子榨成油，叫“苦油”。这种树的嫩叶在森林中格外醒目，明亮如一朵朵巨大美丽的花朵。它的果实有点儿像牛油果，气味却接近南瓜，是青长尾猴和灰脸猴钟爱的食物。人们则用它的种子来治疗肠道寄生虫。我从地上捡起一个果子放在手上，明黄色的液体从果壳的裂缝中渗出来。

我们的车沿着蜿蜒的道路行驶，穿越险峻的山丘，一路上超过不少巡逻的安全部队。士兵们手里拿着突击步枪，黑色靴子踩在地上咔咔作响，他们在这里阻止藏在林间的布隆迪民兵组织越过国界。路继续爬升，往路边看，覆盖着森林的山丘一直延伸到远方。司机杰马里和我谈起历史：“直到20世纪，这林子都没人进去过。许多卢旺达人认为森林就是西部边界，没有多少人知道森林另一边基伍湖岸边的样子。”因为它的偏僻和遥远，比利时军队在1916年入侵卢旺达后，将卢旺达王室赶到这里的森林里。纽格威2005年成为国家公园，终止了周边地区人类围田的侵蚀。杰马里告诉我：“偷猎活动也有所减少，但是对于水牛和森林象来说为时已晚。”最后一只纽格威森林象1999年在Kamiranzovu沼泽被杀害，成为这片土地上最凄美的一刻。在卢旺达语中，Kamiranzovu是两个词组合成的，kamira意为“要吞咽”，zovu意为“大象”。从那以后，一种含有剧毒的藤蔓成为森林中灌木丛的主宰，时刻提醒着人类，只有森林象重新回来才能遏制它们的野蛮生长。“如今连想象一下大象曾经住在这里，都觉得不可思议。”杰马里说着，眼睛望着窗外无尽的山丘，“这里的森林如此茂密，山势如此陡峭。”

我的心中忧郁和希望两种情感交织着。卢旺达是非洲人口最稠密的国家，尽管土地有限，还是留下了不少给森林喘息的空间。杰马里在路边停好车，“来吧。”他说，我们并肩站着，望着前方的悬崖。纽格威森林起伏茂密的树冠在我们脚下，像绿色的地毯铺展开来。这里有一种寂静，大雨过后奔涌而来的那种寂静。我们身后的道路上没有任何动静，广阔的天空中也没有任何动静。一种完全的静止。我意识到离开这里对我来说有多难。

Eighteen
18

翡翠
林中

留宿
纽格威山林小屋

文字
Ollie Horne

摄影
Jonathan Gregson

特别鸣谢
Abercrombie & Kent

18

翡翠林中

留宿纽格威山林小屋

鼓声响起。他们手放胸前，手掌贴心。“献上最诚挚的欢迎。”然后递给我一块蒸汽毛巾，这是我来到山林小屋受到的招待。我环顾四周，窗户上是传统的几何图案，壁炉上方挂着面目狰狞的面具，墙上装饰着草木编织成的碗，碗边像花瓣一样盛开。休息室通向宽敞的露台，在更广阔的天空下延伸出去。茶园在阳光下反射出彩虹光谱，铺展在木屋和套房之间。木屋后面，是一直伸向天际的纽格威国家公园。森林如此得近，我都能分辨出每棵树的样子。乌云穿过树冠，阳光散落在林子里，像水面的倒影。早餐桌上，我看着森林，鸟儿们在周围飞舞歌唱。我坐着不想走。

高个子、衣着整洁的酒店经理雅克（Jacques）和我一起穿过茶园，茶树叶子光泽四溢，看起来很不真实。“我们这儿的员工经常遭‘绿灾’。”雅克开玩笑说，“需要去沙漠里待一两个礼拜。”一群白脖子的霍斯特猴在泳池旁的无花果树上喋喋不休。泳池平静，延伸到林中。穿过水疗中心和几栋暗色的木屋，我回到了房间。四柱床对着宽大的玻璃门，门外是森林环抱的阳台，大滑动门后露出巨大的浴缸。我想象着夜晚来临，躺在浴缸里，看着窗外雨打树叶的情形。

我的行李已经在房间里了。穿上徒步靴，我走回大堂，去见格蕾丝（Grace），酒店的首席向导。她穿着卡其色户外服，拿着登山杖，准备带领我跋涉热带雨林。为了防止在海湾被红火蚁咬伤，我挣扎着给靴子穿防水绑腿。正专心听着格蕾丝的耐心指导时，雅克在我身后大笑：“一看你不会穿绑腿，就知道你第一次来非洲。”

在门廊上告别了雅克，我和格蕾丝离开酒店，沿一条狭窄的道路蜿蜒穿过茶园。突然，格蕾丝走进树木遮蔽的林中，靴子踩在树叶和树枝上发出沙沙声。我跟她走上一条狭窄的山路，沿陡峭的山坡曲折前行。她带着我穿过石头和树根，树下长满苔藓和蕨类植物，一路上她指给我看海棠、李子、苦油树和各种昆虫。弯弯曲曲的乌木和高大的桃花心木已经一起生长了一个世纪，从来没有停止过争夺光线的竞争。苔藓包裹的藤蔓垂在地上，像体操运动员的绳子。土壤的颜色从火山灰变成深巧克力色和赤陶色。在第一座山脚下，狭窄的峡谷底部，我们走上了一座架在湍急河流上的桥。在桥中间，我靠在木栏杆上，听着下面的水声，凝视对岸密密麻麻的树林。

我们开始登山，沿着山坡转个弯，下坡，又回到了同一条河，这里它流得更快了，水流轰鸣。我们没有说话，一边不停地爬，一边想着心事。越过湿滑的岩石边缘，向上游爬了一会儿，发出雷鸣般响声的瀑布出现了。白色的瀑布从悬崖的缝隙中喷射而出，坠落在下面的岩石上。瀑布两侧的蕨类不断地被淹没。细雾弥漫，落在脸上凉凉的。雾从峡谷中飘出，飘向高处的树木，一直飘向天空，让我联想起早餐桌上森林中萦绕的雾气。我往下看，格蕾丝在对我微笑。每天生活在这样的仙境里，是怎样一种生活啊？我回之以微笑，觉得在这里自在极了。

oneandonlyresorts.com

晚上

Ginger 灯
by Marset

摄影：Ash James 地点：Hay Bath

纪念品 —————————— 不丹佛音钵

佛音钵与藏传佛教传统密不可分，常被用作冥想的工具。把它放在垫子或手掌上，用木槌敲打，会产生纯净的像钟一样的声音；也可以用木槌绕内碗边划动，产生一种复杂的共鸣。